borracha
menor

CABALLO DE TROYA

sofía
balbuena

borracha menor

CABALLO DE TROYA

Papel certificado por el Forest Stewardship Council®

MIXTO
Papel | Apoyando la silvicultura responsable
FSC® C117695

Penguin Random House Grupo Editorial

Primera edición: mayo de 2024
Primera reimpresión: septiembre de 2024

Edición a cargo de Sabina Urraca

Printed in Spain – Impreso en España

ISBN: 978-84-17417-44-4
Depósito legal: B-4476-2024

Compuesto en La Nueva Edimac S. L.
Impreso en Arteos Digital, S. L

CT 1 7 4 4 4

Primera parte

Doce pasos hacia mí

Uno

«Sofía, no te vayas a convertir en alcohólica», me advirtió mi papá antes de venirme a vivir a España. Yo viajaba una semana después de un cateterismo que me había corregido una arritmia, medicada y bajo la pauta estricta de no tomar alcohol hasta que me dieran el alta definitiva. Lo que mi papá me dijo, en ese momento particular, me pareció fuera de lugar, alejado de lo que entonces eran mi vida y mis circunstancias. Pero mi padre me conoce, sabe que me gusta beber. Antes de que yo misma lo intuyera, él ya lo había sentido como una posibilidad.

En mi casa al mediodía se tomaba —y se toma— Terma con soda. Mi hermana y mi mamá no toman alcohol. Mi hermano se emborrachaba cuando era más chico y salía los fines de semana con sus amigos. Siempre intento ir de visita a la Argentina cuando en España aún amanecemos con temperaturas bajo cero y en el pueblo en el que crecí, Salto, provincia de Buenos Aires, se despliega el verano. Allí viven todavía mis padres y mi hermano con su compañera y su hija. Cada vez que me subo a un avión y cruzo el océano para estar con ellos, mi hermana, que vive en la ciudad de Buenos Aires, recorre los doscientos kilómetros de distancia que separan Salto de la Capital Federal para que pasemos todos juntos unos días, como familia.

Es una forma de cortar el largo invierno europeo al que todavía, cinco años después, no he logrado acostumbrarme. Cuando voy de visita, después de pasar el día en la pileta, a veces vamos al centro a cenar, siempre temprano, porque en mi familia nos gusta comer cuando nos da hambre y no según el esquema de horarios que estructuran los rituales de la alimentación. Somos un núcleo duro y cerrado, nadie sale y nadie entra. No nos juntamos con nadie más. Tenemos más familia, pero nunca hemos cultivado la costumbre de las cenas inmensas, las primas y los tíos. En mi casa la fiesta no se estila.

Cuando voy de visita, y el calor de la tarde ya no apremia y corre la brisa, y estamos con el cuerpo relajado y radiante después de haber pasado el día dejando que el sol nos atraviese, nos sentamos en la confitería con cierta premura y siempre sabiendo lo que vamos a pedir. Mi papá es mañoso, come siempre lo mismo y, además, conoce todas las confiterías de mi pueblo, que son muy pocas, y sabe qué pedir para comer en cada sitio; ni siquiera miramos la carta y esperamos ansiosos a la moza para descargar sobre ella el pedido completo de un solo golpe.

En esas oportunidades, mi papá se dirige a mí de forma directa, antes de que nos atiendan, cosa de tener resuelto el asunto cuando llegue la moza y reducir los tiempos de espera todo lo posible, y siempre pregunta qué quiero tomar, si lo acompaño con una cerveza. Esas son las únicas ocasiones en las que toma alcohol. Cuando lo comparte conmigo. En mi familia nadie bebe realmente.

El periodo de abstinencia cuando llegué a Barcelona se estiró por cuatro meses. Había pasado en la ciudad algún tiempo, en un viaje anterior, y la sentí entonces ajena pero abierta, como esperándome. Recuerdo todavía la última noche de ese primer viaje; volviendo a la casa en la que me estaba quedando; me detuve por el camino y me senté sola en el último banco de la parte alta del Passeig Sant Joan, que da a Travessera de Gràcia. Era marzo y hacía mucho frío, crucé las piernas sobre la madera para mantener el calor y me prometí volver, pronto, lo más pronto posible.

Cuando regresé a Buenos Aires después de ese primer viaje, en lo único en lo que podía pensar era en volver a Barcelona. En comprarme el tiempo que hiciera falta para recorrerla, aprender los nombres de los barrios y el trazado de las líneas de metro. Ser una persona que construye ahí su vida. Antes de subirme al avión que me instalaría allí de forma definitiva, sufría imaginándome que algo podía salir mal y que no iba a poder viajar o que iba a tener que postergarlo. Al miedo que el cateterismo como intervención en sí me daba se sumaba la posibilidad de ver el horizonte que había dibujado en mi cabeza amputado por una complicación en mi recuperación. Con ese miedo, por ese miedo, acaté a rajatabla las indicaciones médicas. Quería vivir en Barcelona a toda costa y para eso tenía que estar sana y sentirme segura.

Fue raro y excitante encauzarse en un proceso de nueva socialización sin la mediación de la cerveza. Sobria y despierta, atenta al resto de mis compañeros y compañeras, futuros amigos y amigas, que se derretían en sus sillas a partir de la segunda o tercera copa. Los veía desarmar sus posturas, contradecirse, ir cada vez más seguido al baño. Los escuchaba subir el tono de voz, superponer las conversaciones, no mantener los hilos de lo que se decía, y me daba vergüenza. Mientras el grupo se recuperaba al día siguiente de resacas profundas, yo leía o paseaba, comía en la calle, iba a la playa. Los días parecían durar más, ser mejores y más brillantes.

Atender al deterioro ajeno, íntegra y sin fisuras, no me daba ninguna nostalgia por lo que me perdía porque me sentía por encima de todo eso: testigo de una forma de degradación que los demás no percibían ni podrían conservar en la memoria. Recuerdo esos meses definidos, limpios. Dueña de una lucidez constante y alegre. Dormía bien y me sentía mejor en general. Sin embargo, en el instante en que el cardiólogo por teléfono me dio el alta y ordenó el cese de la medicación, pedí mi primera caña y brindé con sincera alegría por lo que había quedado atrás.

Dos

La primera vez que me emborraché tenía quince años. Salimos con mis amigas al único pub del pueblo que, por entonces, se llamaba Paddock. Con los años y los cambios de administración, fue modificando su nombre, hasta que un día ya no volvió abrir. Éramos cuatro y pedimos para compartir dos botellas de Pronto Shake de 330 mililitros cada una. Pronto era una mezcla de vermú con limón. Una cosa horrorosa que no recuerdo haber vuelto a tomar. Era dulce y se me terminó rápido.

Recuerdo la vergüenza mientras subíamos por la escalera hasta la mesa en la que íbamos a sentarnos, el tedio de encontrarnos unas frente a otras, ya sentadas, mirándonos las caras, vestidas con polleras ultracortas y musculosas brillantes, descansando por fin de los tacos a los que no estábamos acostumbradas y nos agujereaban los pies. Incómodas, sin nada para decirnos, disimulando apenas las ganas de atender a lo que pasaba alrededor. Cualquier otra mesa parecía mejor y más entretenida que la nuestra. Dispuestas ahora nosotras en la parte alta del pub para exhibirnos: el ingreso al mercado de la carne en el pueblo, bajo la ficción de grupo y la experiencia del alcohol. Nadie pidió una Coca o un agua mineral.

Lo otro que recuerdo es lo que pasó un rato después de que se terminara el vaso con la dosis de Pronto Shake que me correspondía; el calor en las mejillas, la sensación de que los ojos me delataban. Una alegría súbita, confusión, ganas de reírme. Unos minutos después, la ansiedad que me produjo saber que iba a tener que bajar las escaleras y el miedo a caerme. Sobre todo, recuerdo el cambio de foco de mi atención; dejé de sentirme jalada hacia lo que pasaba en otras mesas y en otros grupos de gente, me volqué hacia mí misma, mis sensaciones y mi conciencia, para tratar de dimensionar el grado del asunto, disfrutar de la percepción distorsionada que el alcohol me brindaba y rondar la pregunta de cuánto tiempo iba a durarme ese tránsito.

Tres

En su libro *The Recovering: Intoxication and its Aftermaths*, Leslie Jamison conjuga su propio alcoholismo y su recuperación con los mitos que el alcohol y la ebriedad construyen en la literatura. Jamison tenía veintiún años cuando ingresó al programa de escritura creativa de la Universidad de Iowa. Este programa está considerado entre los mejores del mundo. Es el más antiguo, el más famoso y al que resulta más difícil entrar. Si a la Universidad de Harvard ingresa alrededor del 5 por ciento de las personas que se postulan, al Iowa Writers' Workshop entra un porcentaje del 1,5 por ciento. El libro de Jamison arranca contando la experiencia de esos años, la presión a la que se enfrentaba como escritora joven en ese entorno hipercompetitivo, rodeada de eminencias de la literatura mundial. Relata con detalle el miedo pero también la alienación que la ocupaba cada vez que tenía que leer frente a sus compañeros y compañeras, profesores y profesoras, un fragmento de su trabajo. Las ingestas de alcohol interminables que siempre se alargaban gracias a echarle mano a otros consumos solo para estar ahí, despierta y abierta para no correr el riesgo de perderse lo que pudiera aparecer. El deseo de ser tocada y tenida en cuenta, la necesidad de conectar.

La primera pregunta que intenta responder en *The Recovering* es si podrá ser capaz de articular una escritura que fulgure en la calma de una vida privada de alcohol. En una apuesta ambiciosa y articulada, recorre los imaginarios de los alcohólicos genios y la contracara de la sobriedad como un remanso que aplaca el filo de una inteligencia feroz y desbocada. Se detiene sobre el comienzo del libro en las figuras de Raymond Carver, Charles Jackson, John Berryman, Billie Holiday y Jean Rhys. Lo que la autora señala y refuerza en el inicio de su libro es que existe una gran diferencia en cómo se aborda el mito del alcohólico frente a la figura de la alcohólica. Mientras que a los escritores el consumo problemático de alcohol los singularizaba como genios atormentados, figuras casi mitológicas que se aferraban a sus botellas de whisky como a la fuente de toda sabiduría, a las escritoras se les achaca haber fallado en su responsabilidad principal como mujeres: las tareas de cuidado y preservación de una familia.

El miedo que enhebra toda la narración es si la autora quiere —no si puede— vivir una vida donde el brillo del alcohol no la encuentre. Describe en largos pasajes el deseo intenso de beber con el que se despierta cada mañana, a pesar de la carga de la resaca. La atormenta, todos los días, que su preocupación principal sea saber si ese día, esa tarde, esa noche va a conseguir emborracharse. Cómo lograr que pase desapercibido su deseo de beber, cómo lograr que sea otra persona de las que se encuentran con ella sentada a la mesa la que pida la próxima botella de vino. Si ese que tiene entre las manos será el último trago de la noche. En definitiva, si vale la pena seguir intentando contener el alcoholismo en su dimensión social o si ya ha llegado el momento de pasar a beber sola en su cuarto.

Lo que Jamison pone de manifiesto es el peso terrible bajo el que vive aquel que tiene conciencia de su necesidad de consumo: quien siempre quiere seguir bebiendo, siempre lo sabe y se avergüenza de eso cuando su deseo choca con los límites que los otros y las otras establecen y enuncian. Esa conciencia te separa del resto de los bebedores. En el corazón de su escritura está su propia identidad constituida a través del hábito de beber. Una persona volcada hacia sí, tremendamente atenta a sus particularidades, sus aciertos, pero sobre todo sus carencias y errores, inclinándose sobre el alcohol y el resto de las sustancias que acompañan y sostienen el acto de beber, como herramientas que permiten habitar la propia conciencia con cierto grado de alivio.

A veces, cuando ya borracha en el medio de la fiesta tomo nota del estado en el que me encuentro, me avergüenzo y me retiro. Me da la sensación de haber hecho algo mal, haber hablado de más, de estar comprometiendo mi palabra y mi trabajo. A veces cuando me emborracho sola en casa empieza a subirme la ansiedad y me aferro al teléfono para dar con alguien con quien conversar y que no me juzgue por haberme emborrachado sola en casa, una vez más. En ese péndulo de sensaciones que recorro cada vez que tomo de más, sola o acompañada, me pregunto si lo que experimento es un estado alterado, cosas que no aparecerían en mí si no bebiera, o si por el contrario el acto de beber me acerca a una conciencia superior. Si no estoy, cuando bebo, mirando de frente y a los ojos mi propio núcleo oscuro.

Cuatro

Vivir en un país de alcohólicos no ayuda. Trabajo como librera hace cuatro años y he llegado a adquirir cierto espacio de autoridad en la profesión que he construido de este lado del mundo. Cuando dos amigos argentinos que por entonces estaban en la Argentina decidieron abrir una librería en Barcelona yo llevaba un par de años viviendo en la ciudad. En ese momento, y después de pasar un tiempo desocupada, comiéndome ahorros porque no tenía permiso para trabajar en España, había encontrado un trabajo, en negro, administrando unos departamentos inmundos que un catalán también inmundo había comprado a base de créditos hipotecarios a nombre de su madre y su padre, para alquilar a turistas. Hacía de todo: atendía a los guests con sus dificultades para moverse en la ciudad, recibía los check in, hacía las compras, tendía las camas, ponía a lavar la ropa y limpiaba. Cuando mi amiga me llamó para ofrecerme el trabajo como librera, ayudar a montar el espacio y encargarme, una vez que abriéramos, de la librería, no lo dudé. No son tantas las oportunidades que una ciudad como Barcelona puede ofrecerle a una migrante sudamericana. Así que renuncié a mi otro trabajo, ajusté el cinturón en lo que arrancábamos y me puse a laburar.

Desde que trabajo como librera y estoy al frente del espacio, he tenido la oportunidad de emborracharme con montones de escritoras y escritores a los que admiro. La librería en la que trabajo se dedica a la literatura latinoamericana, y se especializa además en edición independiente. Tenemos a disposición de nuestros clientes un catálogo único, en donde se encuentran las más tenaces voces latinoamericanas contemporáneas y los linajes históricos que han dado forma y contenido al panorama actual. Es un espacio cultural nuevo el que hemos construido, y es importante. Debería, en sí mismo, ser más que suficiente.

Nos había ido bien con la primera librería. Construimos una referencia importante en poco tiempo y la pandemia dejó los alquileres de Madrid por el suelo. Madrid siempre había estado en el horizonte, pero yo nunca pensé que esa idea que habíamos pergeñado en conversaciones infinitas y entusiastas sobre el futuro del proyecto que estábamos construyendo pudiera concretarse tan pronto. Cuando estábamos buscando local para abrir la sucursal de Madrid, el hecho de que la habilitación del espacio que alquiláramos contemplara la posibilidad de servir alcohol fue un factor importante. Habíamos intentado tramitar la habilitación de bar en Barcelona y nunca lo conseguimos.

En España la cerveza es más barata que el agua. Viene en recipientes de vidrio o aluminio, mucho más propensos al reciclaje o a la reutilización, mientras que el agua viene embotellada en plástico y la cantidad de desperdicio que produce se está comiendo desiertos y selvas enteras en todo el mundo. En los boliches o locales de ocio nocturno, te niegan un vaso de agua cuando se lo pedís. A partir de las once de la mañana, las terrazas de Madrid se llenan de gente tomando vermú o cerveza. En España todo el mundo almuerza con alcohol, da igual si están trabajando. Los márgenes de la venta de cerveza o vino son estrafalarios. Un barril de treinta litros de cerveza de la mejor marca cuesta 72 euros. De un barril de treinta litros se pueden servir ciento veinte dobles, que se cobran entre 2,5 y 3 euros. De un barril que cuesta 72 euros, la ganancia es de alrededor de doscientos. De un libro que cuesta quince euros, la librería que lo vende retiene un porcentaje del 30 por ciento. Es decir, 4,5 euros. De ese porcentaje que recibe la librería hay que pagar el alquiler, la luz y el agua. ¿Quién, en su sano juicio, apostaría por un establecimiento cultural en lugar de invertir en un bar en España?

Cinco

Mi relación no es con el alcohol en sí. No, al menos, con todas las formas del alcohol. Yo tomo cerveza. Me gusta la cerveza. Sus burbujas contenidas, el sabor amargo que de forma instantánea el cuerpo rechaza pero que es –con el tiempo– lo que permite una ingesta potencialmente infinita; el hecho de que se tenga que tomar helada. Ese momento de duda cuando me siento en un bar y me preguntan qué voy a tomar; nunca un agua con gas o una Coca-Cola. Si me siento en un bar con un libro, pido una cerveza. Si me siento frente a la computadora a escribir, abro una cerveza. El sonido que hace una lata de cerveza cuando se la abre, esa fuga de gas diminuta y simple. Servir el líquido en un vaso, observar cómo su temperatura se traslada al vidrio. La mejor cerveza siempre es la primera, pero la primera cerveza se acaba demasiado rápido. En minutos no más ya tengo en la mano la segunda. Me gusta que el estado alcohólico se estructure en mí de forma gradual, en plena lucidez. Que no traiciona, la cerveza. No me marea de repente, nunca voy a encontrarme, bebiendo cerveza, de repente perdida. Me gusta de la cerveza que siento que me hace compañía. Es un hábito que no vulnera la contundencia de la estructura, incluso la asiste, la posibilita. Ocasionalmente, cuando hace frío sobre todo, puedo tomar vino. El único alcohol fuerte que tolero es el mezcal.

Desde que volví a tomar después de mi alta definitiva tras el cateterismo, mientras viví en Barcelona, no pude parar. Ese estado limpio que había experimentado a mi llegada, la energía dirigida a lograr mis objetivos, la sensación de que necesitaba estar alerta y despierta para recibir lo que estaba viviendo y poder metabolizarlo, fue quedando atrás y terminó por perderse. No trabajaba, no tenía horario ni compromisos impostergables que atender, no necesitaba de mi lucidez, entonces la fui descuidando.

Al poco tiempo de volver a beber, conocí a un chico y nos enamoramos. Coincidimos en un viaje, un grupo heterogéneo de latinoamericanos que viajaban juntos a pasar Fin de Año en Portugal porque estábamos perdidos por Europa y porque podíamos. Todavía hoy recuerdo cómo lo miraba yo desde mi asiento en el metro, mientras cruzábamos Oporto para llegar hasta el centro desde el aeropuerto. Dice John Cheever en *Falconer*: «Me acuerdo de cuando nos conocimos, y estoy todavía hoy y estaré siempre asombrado ante la perspicacia con la que un hombre puede, con una mirada, juzgar el alcance y la belleza de la memoria de una mujer, su gusto en color, comida, clima y lenguaje, la dimensión clínica precisa de sus vísceras, cráneo y tracto reproductivo, la condición de sus dientes, pelo, piel, uñas de los pies, vista y sus bronquios, que él puede, en un segundo, exaltarse ante el diagnóstico del amor, aprovechar el hecho de que ella está hecha para él o de que están hechos el uno para el otro». No fue exactamente así porque no era él, hombre, el que miraba como Cheever recuerda haber mirado a su amor en esa novela. Pero lo que me recorrió el cuerpo en ese instante se parecía bastante a lo que el escritor describe en el libro. No pasó nada en ese viaje, pero cuando nos volvimos a encontrar en Barcelona, ya no nos separamos.

Ruy también tiene vocación alcohólica y un cariño profundo por la cerveza. Cuando nos estábamos conociendo, cuando empezábamos a salir, nuestras citas consistían en llegar uno a la casa del otro con un pack de doce latas de cerveza y tomárnoslas todas. A veces eso era suficiente y después de beber y conversar nos metíamos en la cama. A veces cuando se terminaban esas primeras cervezas, bajábamos por más. A veces después de coger volvíamos a bajar por más cervezas para seguir con la conversación y, eventualmente, el sexo. A veces le echábamos mano al mezcal cuando la cerveza se terminaba. A veces íbamos intercalando nuestras cervezas con sorbitos de mezcal.

Él sostiene que las mejores fiestas son las que suceden entre dos y lo dice así, en términos generales, pero en realidad está hablando de nosotros. Estoy inclinada a pensar que tiene razón, pero luego recuerdo esos primeros años en Barcelona, intoxicados, modulados a través de interminables litros de cerveza y mezcal; en realidad, en nuestras fiestas privadas nunca estuvimos solos. El alcohol, como un pegamento o una nube, siempre estuvo presente como un tercero que aseguraba la comunión.

Seis

En *The Trip to Echo Spring: Why Writers Drink*, Olivia Laing pone en común el recorrido de F. Scott Fitzgerald, Ernest Hemingway, Tennessee Williams, John Berryman, Raymond Carver y John Cheever. Estos hombres compartieron la ambición de ser los escritores más importantes de su tiempo y todos ellos fueron alcohólicos. A Laing, como a Jamison, le interesa la relación entre el alcoholismo y el mito del escritor genial, pero por las razones opuestas. A diferencia de Leslie Jamison, Olivia Laing no bebe. Como parte de una familia en la que el consumo de alcohol siempre ha sido un problema, no toma, y quizás por eso mismo le interesaron los perfiles de estos genios que se definieron a sí mismos tanto por su escritura como por su vocación alcohólica.

Echo Spring reconstruye cómo se conocieron Fitzgerald y Hemingway en París en los años veinte. La diferencia fundamental entre ellos en ese momento era que Fitzgerald ya había escrito *The Great Gatsby* y Hemingway aún no era nadie. Con los años, Hemingway iba a volverse el más grande de todos, mientras que Fitzgerald iba a internarse cada vez más en su decadencia alcohólica y el deterioro de su mujer, Zelda. Zelda, que fue una mujer increíblemente talentosa, fue también alcohólica. Pero a diferencia de su marido –y quizás como consecuencia de su matrimonio– nunca pudo consolidar una carrera en sus propios términos. Recibió un diagnóstico temprano de esquizofrenia y a pesar de pasar largos periodos de internación nunca se sobrepuso y murió víctima de un incendio en el establecimiento psiquiátrico en el que estaba hospitalizada.

Pero cuando se conocieron Hemingway y Fitzgerald, este tenía menos de treinta años, Zelda era un icono de belleza y juventud, eran mundialmente famosos y Scott ya había escrito una obra maestra. Hemingway, que se sirvió de la fama que Fitzgerald ya atesoraba, después iba a ridiculizarlo, a desconocerlo y separarse de él, porque consideraba que Scott no sabía beber como le correspondía a un hombre. La paradoja en esta historia es que Fitzgerald va a dejar el alcohol y morirá algunos años después de un ataque al corazón. Hemingway, en cambio, nunca logró dejar de beber y, después de varios intentos de suicidio frustrados, logró matarse de un tiro.

Olivia Laing recoge los supuestos a través de los cuales la edición actual del *Manual de diagnóstico y estadística de desórdenes mentales* (*DSM-IV-TR*, por sus siglas en inglés), de la Asociación Norteamericana de Psiquiatría, establece que el consumo de alcohol, al igual que el de sustancias ilegales, puede estructurar una adicción:

> Un patrón inadecuado de consumo de sustancias que conduce a una discapacidad o aflicción clínica si se manifiesta

en tres o más de los siguientes supuestos en cualquier momento en un periodo de doce meses:

1. Tolerancia, definida por cualquiera de los siguientes:

- Una necesidad cada vez mayor de la sustancia para conseguir intoxicación o el efecto esperado.

- Disminución notable del efecto con el uso continuado de la misma cantidad de la sustancia.

2. Abstinencia, manifiesta por cualquiera de los siguientes:

- Abstinencia característica ante el retiro de la sustancia.

- La misma sustancia (u otra similar) es consumida para evitar o aliviar los síntomas de abstinencia.

3. La sustancia es consumida frecuentemente en dosis más altas o por un tiempo más largo de lo que se deseaba.

4. Existencia de un deseo persistente o intentos vanos de cesar o controlar el consumo.

5. Se dedica una gran cantidad de tiempo en actividades necesarias para obtener la sustancia, consumirla o recuperarse de sus efectos.

6. Actividades sociales importantes, ocupacionales o recreativas son abandonadas o reducidas por el acto de consumir.

7. El consumo de sustancias continúa a pesar de saber que se sufre un problema físico o psicológico persistente o recurrente que es probable que haya sido producido o exacerbado por la sustancia (por ejemplo: continuar bebiendo a pesar de tener conocimiento de una úlcera que ha empeorado por el consumo de alcohol).

Leí el libro de Laing en junio de 2020. Lo empecé mientras me recuperaba de una resaca en el piso que compartía con amigos en el barrio de Gràcia. Algo me empujaba a perseguir ciertas lecturas que me inclinaban a revisar el hábito de beber, la vida de los escritores alcohólicos, sus desenlaces. En una resaca también, llegué a la parte que transcribo arriba. Para entonces Ruy ya no vivía en la ciudad. Después de muchas idas y vueltas, de algunas peleas que nos habían distanciado, se había ido a pasar la pandemia a México, su país de origen. Ya no vivíamos peleados pero tampoco estábamos juntos. Cuando se fue andábamos medio perdidos, en un limbo raro, intentando construir una amistad que no nos salía, quizás porque yo seguía enamorada de él. En la distancia, las fisuras que había puesto el aislamiento, los vuelos intermitentes o cancelados y la diferencia horaria nos mantenían a cada cual en sus cosas, volcados hacia nuestros mundos particulares. Salía entonces con otro hombre, algunos años más grande que yo, y también con una chica, más joven. Con él tomaba cerveza y con ella, vino y champán. Estaba por cumplir cuatro años viviendo en Barcelona y ese fue el último verano que pasé allí. Me emborrachaba cada vez más seguido y podía reconocerme en la «existencia de un deseo persistente» y en la dedicación de «una gran cantidad de tiempo en actividades necesarias para obtener la sustancia, consumirla o recuperarse de sus efectos».

Siete

Para septiembre de 2020 pasaba casi tanto tiempo recuperándome de mis resacas como de fiesta. El tiempo para el éxtasis y regocijo tenía su contraparte espesa y exacta en la depresión profunda con la que me despertaba al día siguiente. Me reconocí en al menos dos de los supuestos que Laing toma del Manual de la Asociación Norteamericana de Psiquiatría, pero el que me causó verdadera impresión fue el quinto: «Se dedica una gran cantidad de tiempo en actividades necesarias para obtener la sustancia, consumirla o recuperarse de sus efectos». Lo más curioso era que ese vaivén de borracheras y resacas no comprometía mi rendimiento; mi alcoholismo, moderado o no, era sobre todo funcional. Seguía yendo a trabajar todos los días, religiosamente, nunca llegaba tarde y, aunque a veces iba sin dormir o atravesada por una resaca espantosa, cumplía. Puede que ya no brillara, quizás había perdido protagonismo o me había relajado; ya no necesitaba probar mi valor y, como eso estaba claro, no tenía miedo de cometer errores. Puede que incluso cometiera muchos más errores que los que recuerdo.

Cuando se abrió para mí la posibilidad de dejar Barcelona, no lo dudé. Me fui por muchas razones: porque el hombre del que me había enamorado ya se había ido, porque el espacio profesional para mi desarrollo se me hacía chico, porque no quería vivir en Barcelona toda la vida. Pero sobre todo me fui porque sentía que si me quedaba donde estaba me iba a morir. Que quizás sería una muerte alegre y joven, investida de la promesa de todo lo que yo podría haber sido. Pero no me quería morir sin cumplir con mi promesa. Mientras armaba la salida, buscaba una casa y preparaba la mudanza, entre las múltiples fiestas de despedida que mis amigos y mis amigas, mi novio y mi novia organizaron para mí, decidí que cuando llegara a Madrid iba a pasar por lo menos un mes sin tomar alcohol. El día en el que desarmé mi habitación, mis compañeros de piso hicieron un almuerzo para despedirme, con vino y cerveza y chupitos de crema de orujo a modo de postre. Me ofusqué y me encerré en el cuarto porque sentía que mi partida se estructuraba como una excusa para que bebiéramos todos hasta perder la conciencia, y yo quería cambiar de vida. Estaba a punto de hacerlo. No probé una gota de alcohol desde ese día y me propuse además mantener el ritual de poner en pausa mi consumo de alcohol cada año durante un mes completo.

Ocho

Escribe María Moreno en *Black out*: «Entre los alcohólicos tengo la buena estrella de no haberme acostado con alguien por estar borracha y no saber lo que hacía, pero también sé que jamás en los últimos años me he acostado con alguien sin estar borracha». La primera vez que lo leí, la frase me tuvo sin cuidado, ni siquiera la subrayé; pero después de leer los supuestos en el libro de Laing, volví a *Black out* buscando respuestas porque estaba considerando la posibilidad de mi propio alcoholismo; *Black out* se convirtió entonces en mi biblia particular sobre el consumo problemático de alcohol.

Además de ser el diario de una alcohólica con una estructura dialéctica, compleja e híbrida, es el retrato más completo y lúcido de la generación de escritores que tuvo a Ricardo Piglia como padrino y a Héctor Libertella como referente principal. María Moreno pertenece a esa generación de lectores voraces, que escribieron en los bares y contra el tiempo, bajo el telón de terror de la dictadura, apurando tragos anchos de ginebra.

Tamara Kamenszain fue la mujer de Héctor Libertella y la madre de sus hijos. Ella escribió con las letras de su nombre propio, a partir de un poema que él le dedicó, un relato íntimo de su exmarido, genio y alcohólico, y la vida que compartieron, dejando en ese ejercicio una obra maestra de ochenta páginas que se conoce como *El libro de Tamar.*

La vanguardia literaria argentina de los años sesenta y setenta fue eminentemente masculina y definitivamente alcohólica. Tamara Kamenszain falleció en julio de 2021; María Moreno sufrió un accidente cerebrovascular que la obliga hoy a simplificar su escritura. Para mí, son las dos más grandes escritoras argentinas de mi tiempo y, por diferentes motivos, cada una por su lado, me resultan indispensables. María inclinando su cuerpo hacia la violencia, usurpando un lugar reservado para ellos con cada vaso vaciado en una cantina: «Estaba convencida de que, más que ganar la universidad, las mujeres debían ganar las tabernas». Esa usurpación es un gesto y un inicio; desde María, gracias a María, en la narrativa argentina hay un espacio para las mujeres que antes de ella no existía. Por los temas, por el tono y por la importancia de dejarlo por escrito. Ese territorio ajeno sobre el que María escribió y en el que se desplaza y reconoce, conquistado quizás con las herramientas del amo, abre, por poner un ejemplo, el espacio que yo necesito y ocupo para decir esto que estoy diciendo ahora.

Tamara, por su lado, renegando, en su último libro, de la ponderación que siempre había hecho de su apellido por sobre su nombre para reivindicarse como poetisa, en lugar de como poeta. También, y por sobre todo, la decisión de inclinarse como escritora consagrada ya a la lectura: «Si quisimos hacer la revista Los nietos de Martín Fierro porque admirábamos a los martinfierristas y nos considerábamos jóvenes, ahora que somos una especie de abuelos de la nada, deberíamos dedicarnos a leer lo que escriben nuestros nietos». Un doble ejercicio, desde la experiencia de haber querido ser, para volver a firmar con la a. Trazar sus errores de método, exponerlos y, a la vez, su mano sobre nuestras espaldas, como animándonos. Hay algo a lo que ellas se enfrentaron, sobre lo cual se construyeron, de lo que nosotras, gracias a ellas, estamos exentas. No es que no queden batallas por delante, pero es injusto y torpe asumir que no hay mujeres que defendieron antes lo que hoy damos por hecho.

Con diferentes estrategias, abrieron un camino: conformaron una narrativa de esa generación de varones —o vates—, los sobrevivieron y escribieron mejores libros que ellos.

Escribe María, también en *Black out*: «No me comparo, me identifico».

Nueve

Las ideas centrales para escribir este texto o los puntos que conectan las historias se me ocurrieron mientras subía y bajaba el Vesubio, de vacaciones. Avanzaba hacia la corona del volcán para admirar de frente su boca abierta y peligrosa, concentrada en controlar mi respiración en el ascenso. Establecer un ritmo propio que no fuera en detrimento de mi capacidad física. Miraba mis pies, atenta a la arena negra que el paso de las erupciones ha dejado como residuo en su suelo y, de repente, levantaba la cabeza y mis ojos tomaban contacto con la inmensidad del paisaje que la altura me daba. El Mediterráneo a lo lejos, como un estanque en calma. Ese mar que del otro lado besa la costa de la ciudad en la que viví cuatro años.

Siempre pienso, cuando me toca subir una escalera, una ladera, una colina, una montaña, que no voy a poder. Pero siempre lo logro, porque me concentro en lo que necesito hacer para llegar hasta donde pretendo. Invariablemente, una vez arriba, después de las fotos y las alegrías, de los encuentros en la cima con las que llegaron antes o con los que llegan después, me entra una ansiedad incontrolable por empezar a bajar.

En mi experiencia particular en las alturas, siempre he experimentado una sensación de angustia: bajar me resulta mucho más difícil que subir. Todavía con el *rush* del ascenso –el fuego que te incendia el cuerpo por dentro después de hacer cima–, tomar conciencia de que hay que volver a recorrer la distancia que nos llevó hasta allí: con la vista que solo entrega la altura, tomamos dimensión de lo que nos separa del suelo. Todavía queda la mitad del camino por delante y la mejor parte del viaje ya pasó. Se parece un poco a la angustia que describe Jamison cuando se imagina que después de ese trago que marea en las manos, el equipo que la acompaña va a replegarse y entrar al tiempo de la retirada y el descanso; bajar es mucho peor que subir.

Diez

Cuando llegué a Madrid estábamos saliendo de la época más restrictiva de la pandemia. Contaba con dos muy buenas amigas aquí, que no se conocían entre ellas y que llevaban vidas muy distintas de la mía. Trabajaba todo el tiempo, doce horas por día, a veces más. Dejé de tomar y no extrañé el alcohol ni su presencia en mi vida. No extrañé tener siempre un plan A y un plan B y fiestas múltiples a las que llegaba tarde cada vez porque venía de una fiesta anterior. No me costó, ni siquiera se sintió como una renuncia. Fue un gran alivio.

Cuando se terminó el mes de abstinencia, decidí que podía continuar unos días sin probar ni una gota de alcohol. Durante largos meses no bebí entre semana y la primera vez que me emborraché en Madrid después de mi periodo sobrio fue para la cena de Año Nuevo, que pasé sola en mi casa porque no tenía nadie con quien juntarme a despedir el año. Quise desplegar el ritual completo aunque fuera solo para mí; días antes encargué en la carnicería a la vuelta de casa una colita de cuadril –o rabillo de cadera, como le dicen en España–, como las que cocina mi mamá. Compré pan dulce con pepitas de chocolate, vino, cerveza y las uvas para cuando dieran las doce y tocara pedir los deseos. Intenté sostener los hitos celebratorios de las noches de Año Nuevo que se festejan en compañía, pero no pude. Me senté a trabajar apenas cayó la tarde y, frente a la computadora, mientras respondía mensajes y miraba una y otra vez en YouTube el vídeo en el que Willie Nelson y Julio Iglesias cantan juntos «To All the Girls I've Loved Before», me tomé cinco de las seis cervezas que había comprado. Me demoré entonces en meter la carne a cocinar, entretenida como estaba en mi propia borrachera que parecía, en el arranque, algo divertido y particular que podía hacer con ese tiempo en el que estaba sola a pesar de que no quería estarlo. La cena, propiamente, la hice parada al lado del horno, comiendo mechas de carne con la mano y juntando el jugo y las arvejas en una cuchara sucia para llevármelas hasta la boca, minutos antes de que se terminara el año. A las doce mis amigos, que sabían que estaba sola, me llamaron por teléfono y charlamos un ratito, pero se distrajeron pronto y cortaron comunicación porque ellos sí estaban acompañados y juntos. Entonces cayó sobre mí con todo su peso la sensación de desamparo y la angustia. Apagué las luces de la casa, me llevé a la cama un pedazo enorme y mal cortado de pan dulce y la cerveza que me quedaba. Me puse a ver, por enésima vez, los capítulos de *Seinfeld* que me hacen más gracia. Las uvas se pudrieron en la heladera sin que las tocase.

Durante ese tiempo pude ahorrar, descansé mejor, leí más, volví a hacer ejercicio. Estaba tan tranquila y a gusto que incluso creí que estaba por volver a enamorarme, que algo importante y magnífico estaba a punto de aparecer. Pero no sucedió nada especial, y la vida se me fue poniendo espesa. Me aburría; los días en la luz y el orden que había atesorado se me hacían tediosos, tensados bajo un mismo tono monocorde y gris. Me desesperaba la soledad, pero a la vez había entrado en un *loop* de encierro en que me costaba justificar mis apuestas hacia fuera. Pensé que no iba a llegar entera al próximo Fin de Año si no encontraba con quién compartirlo, y lo primero que se me ocurrió, y lo más fácil, fue insistirle a todo el mundo para que viniera a visitarme. Pero seguíamos en pandemia y moverse de ciudad no era fácil.

Una de mis amigas, Ana, me insistió una tarde para que la acompañara a una salida que ella había pautado con sus amigos. Nos juntamos en una esquina a pocas cuadras de mi casa. Éramos unos cuantos, pero íbamos al encuentro de otros cuantos que estaban desde temprano tomando cerveza en un bar cerca del río. Cuando llegamos me senté tímida entre las mujeres, sonriendo en silencio y pedí una cerveza. Cuando iba por la segunda, un vecino apareció con una guitarra y me animé a proponer «Muriendo de envidia» para que la cantáramos entre todos. Mientras se me terminaba la cuarta y nos fumábamos un cigarrillo afuera, empecé a hablar. Que en Madrid estaba muy sola, que había pasado las fiestas sola, que los fines de semana salía poco de casa. Que necesitaba amigos, emborracharme. Algo en los que me escuchaban se activó y de repente era parte de un grupo gigante que me incluía en su equipo como a una más, desatendiendo el hecho de que yo acababa de llegar. A eso de la seis de la mañana partí para mi casa pensando que esa había sido una muy buena noche, pero de la que no era razonable esperar nada más. De las promesas que habíamos hecho, los planes que habíamos imaginado, pensé: cosas de borrachos.

Once

Una de las conclusiones de Leslie Jamison es que, para liberar la carga de la angustia que supone una vida de dependencia y recuperación, es necesario contar la historia. Incluso si en ese relato no hay valor literario. Pero ella va más allá, porque reconoce su condición como un privilegio y una posibilidad que otras no han tenido ni tendrán. En esa conciencia, lo que le interesa es integrar en su relato la narrativa de otras mujeres que no cuentan con sus privilegios. El caso más tremendo que recoge y narra es el de Marcia Powell, que en 2009 estaba cumpliendo condena en el Complejo Penitenciario del estado de Arizona por prostitución, práctica que le solventaba su consumo de metanfetamina. Marcia Powell cometió una falta menor durante su encarcelamiento y fue sometida a un castigo que le costó la vida; la encerraron en una jaula colgante, al aire libre, al rayo del sol, en el medio del desierto. Lo único que la separaba de la inclemencia del sol eran los barrotes de la jaula y la poca ropa que tenía encima. Este tipo de prácticas de castigo son comunes en el estado de Arizona. De hecho, se llevan a cabo bajo la regla de que la cantidad de horas máximas de castigo son dos. Cuando bajaron la jaula, cuatro horas después, Marcia Powell, ya estaba muerta. Su cuerpo sin vida presentaba quemaduras de segundo y tercer grado en los labios y en el cuerpo y su temperatura corporál era de 42 grados.

Jamison reconoce que la constitución particular de su cuerpo y su circunstancia, la apreciación que desde fuera hacen los demás de ella y de lo que representa, la marcan como a alguien que hay que proteger, incluso de sí misma. Una mujer blanca, rica y talentosa que con veintiún años entró en el programa de escritura más competitivo del mundo. No siempre es este el caso, no lo fue para Marcia Powell, una mujer pobre del sur de Estados Unidos, adicta a la metanfetamina. La autora sostiene con ferocidad la importancia y la necesidad de contar estas historias porque lo que Jamison y Powell comparten las acerca, aunque el mundo en el que vivimos imprima constantemente la necesidad de separarlas, de considerarlas como casos bien diferenciados.

Doce

Al día siguiente de esa primera fiesta en Madrid, a eso de las dos de la tarde, mientras corregía un texto tirada en mi cama, empecé a escuchar a un grupo de gente que cantaba en la puerta de mi casa. Me asomé al balcón y me encontré con los amigos que acababa de hacer la noche anterior, cantando en la puerta de mi casa «Se están muriendo de envidia las flores las estrellas y la mar bella» mientras hacían palmas y se reían. Vinieron a buscarme para que los acompañara al parque, no habían dormido en toda la noche. Me vestí en un minuto, bajé y nos fuimos.

Ese es hoy mi grupo de amigos y en ese grupo soy de las que siempre puede tomar una cerveza más. La última en irse de la fiesta, la que siempre quiere seguir. No estoy sola en ese deseo, tengo siempre un par de alfiles que me acompañan en todas y a los que acompaño en todas. Me gustaría poder decir que el alcohol me brinda alivio, que hace lo que yo no puedo hacer por mí. Que con las cosas que hago para oscurecerme estoy, en definitiva, queriendo ser más clara. Pero es más cierto decir que lo que me brinda alivio es el hecho de tener amigos que no permiten que sea siempre yo la que le pide al mozo la próxima botella de vino o la ronda de cerveza mientras todavía marea media caña en la mano. O, para el caso, la que agita el orden de una reunión que se suponía que iba a ser tranquila instando a los demás a que la acompañen a visitar al dealer.

Si tomo, si escabio, si bebo, lo hago porque, como Jamison, siempre he tenido una inclinación hacia mí misma. Soy demasiado consciente de mis aciertos y de mis errores. Soy, además, una persona que tiende a idealizar lo que está fuera. Como en la mesa del pub de mi pueblo, donde tenía que hacer fuerza para devolver los ojos hacia mis amigas porque quedaba feo estar intentando penetrar en las conversaciones de otros grupos. El alcohol me devuelve hacia mí misma; de alguna manera extraña, me centra. Afloja, por un rato y mientras dura, la conciencia que tengo de quien soy y de lo que creo que valgo. Borracha, me parece menos grave ser demasiado inteligente o ligeramente tonta.

A veces quiero volver a creer que el alcohol no es un problema en mi vida. A veces casi lo consigo. Quiero creer que si las personas que tengo alrededor celebran mi alcoholismo no se debe a que ellos también tienen un problema. Entre fantasmas no nos pisamos las sábanas. Este texto lleva un par de meses escribiéndose en mi cabeza y hasta hace muy poco terminaba distinto. Puede que consiga mantener la estructura de mi vida en funcionamiento, voy a trabajar todos los días y a veces vuelvo a tener un desempeño extraordinario, pero cada vez me cuesta más y con cada resaca me vuelvo una persona más triste. El mundo que tengo alrededor no me señala ni me apunta porque, o bien me utiliza como cómplice para justificar sus propios consumos o, en el peor de los casos, llegará el día en el que considere este cuerpo como un cuerpo que hay que proteger, incluso de sí mismo. Puede que el silencio no me proteja, pero sí me protege el privilegio que me habita.

Beber funciona como una válvula que alivia la presión que genera todo lo demás, pero también como una excusa que me guardo en el bolsillo por si todo a lo que aspiro no termina nunca de concretarse. Hoy creo que puedo dar todavía un paso más: creo que es justamente el alcohol la barrera que me separa de todo lo que añoro y no tengo. Si, en lugar de amontonar resacas en las que no consigo salir de la cama y extraño mi pueblo y mi casa, pudiera trabajar en lo que tengo para decir, estaría en un lugar mejor. Mis aspiraciones son pocas, no soy una persona ambiciosa, pero tengo algunas cosas claras. Quiero escribir, quiero escribir algo bueno y sencillo. Que no sea pretencioso ni solemne, que no caiga en lugares comunes ni morales. Quiero escribir algo que sea bueno, luminoso y verdadero y que sea leído. Voy a intentarlo. Mi nombre es Sofía Balbuena, tengo treinta y ocho años y soy alcohólica.

Segunda parte

El diario de la beca

Enero, 2023

Hay algo en la oscuridad. La posibilidad de entrar en lo oscuro como se entra, ticket en mano, al cine. El hábito de beber como una decisión: romper una lanza por esa parte de noche. «Tolerar, soportar, cargar, sobrellevar, llevar, aguantar, hacerse cargo; hacerse cargo de la noche –aceptar la oscuridad, saber llevar nuestra porción de noche, aceptar una parte de la noche, vencer la oscuridad, restarse de la luz, adentrarse en la noche, hacerse cargo de la oscuridad, hacerse cargo de la noche». «Our share of night to bear», reza el verso de Emily Dickinson y desde ahí tira de la punta de la madeja el personaje de Julián en *La vida privada de los árboles*, la novela de Alejandro Zambra. En un intento de traducción, lo que se forma es una plegaria y una mancha de tinta negra contra el papel. Desde que vivo entre lenguas me detengo más en estas cosas.

Como la entrada al cine, no es gratis, pero es barato. La voluntad de parar de beber sale cara. Puedo, debo incluso, hacer esto por mí, y me detengo. No quiero decir que camino hacia la luz porque la metáfora del camino hacia la luz es una forma de iluminar la muerte. Yo quiero vivir y no solo quiero vivir, quiero vivir bien. Pienso en mi familia, en cuánto me nublo borracha, en las veces que me puse en riesgo y me detengo. Voy en el avión, camino a Iowa City. Es la primera vez que regreso a Iowa desde que vivo ahí. Después de un semestre que en realidad dura poco más de cuatro meses, volé a España a pasar la Navidad y el Año Nuevo, pero sobre todo a completar una serie de trámites que me van a entregar, espero que pronto, el estatus de ciudadana española. Salir de Iowa fue un infierno que duró casi veinticuatro horas y volver es un infierno similar pero más cansado. Sin la adrenalina del viaje por delante, todo parece más triste. Me tomé un primer avión en Madrid hasta Lisboa y viajo ahora con destino Chicago en un segundo vuelo. Me tira el cinturón de seguridad, así que me lo aflojo. Me arrepiento de los dos libros que saqué de la mochila y deposité en el folder del asiento delantero. Ahí están, robándole espacio a mis piernas largas. Sé que no voy a ser capaz de leer ni una página. El carro con la comida ya avanza por el pasillo y me retuerzo incómoda sobre el asiento. Ya no llego a volverlos a guardar y, además, me da pereza.

Hace algún tiempo que los pactos conmigo misma los trazo arriba de los aviones. Hay algo en volar, estar arriba, que me da perspectiva. Recuerdo el libro *Ensayo de vuelo*, de Paloma Vidal, del que habla Tamara Kamenszain en *Libros chiquitos*; entregarse a la tarea de consignar algo por escrito en el marco de un viaje en avión, darlo todo ahí, como un ejercicio de derrame y constricción al mismo tiempo. Las ciudades en las que viví y abandoné. La contundencia con la que se manifiestan a la distancia, mientras las miro desde arriba, sus edificios intactos y sus calles llenas de gente. Cómo todo tiende a permanecer. En los aviones y en las resacas en donde me ocupa el grado justo de claridad. El tiempo muerto, desperdiciado: un ejercicio de humildad. Hacer algo con eso. Todos generamos dependencia. Todos somos adictos. Yo bebo demasiado, pero también cambio de ciudad y de vida cada vez que puedo. Escribí antes de salir de Iowa City, hace casi un mes: «Esta no es mi casa, pero es donde vivo». Hacía falta, para considerarla mi casa, estar fuera, dormir en sillones treinta días seguidos, envuelta en la buena voluntad de personas que me quieren, pero de visita, para nombrar este escritorio, esta silla donde me siento, la ventana por la que veo nevar y que a veces abro, para fumar mientras hago mis cosas, contra la regla estricta de mi casera.

Las posibilidades de una casa. Clara Obligado, escritora extranjera, publicó en 2020 un ensayo titulado *Una casa lejos de casa*. En él relata la experiencia de su exilio en Madrid, cuánto le costó hacer pie en el Viejo Continente huyendo del horror de la dictadura argentina, y tuvo que aprender a ser de nuevo, sin anclas ni referencias que alrededor le marcaran un contorno. Reconstruye el camino que recorrió como escritora de una lengua minoritaria –extranjera– para hacerse un lugar, casi siempre a los empujones, dentro de una lengua mayor –el español castizo–. Comparte una anécdota de cuando le tocó ser parte del jurado de un premio en Cataluña: «A la hora de firmar el acta, cada uno aclaró su origen: gallego, catalana, valenciana. Había otra escritora que, como yo, era argentina y nos plantaron, directamente, y sin matiz alguno, "latinoamericanas". El legítimo derecho a la pequeña tierra, tan respetable, amalgamado con el borramiento de toda identidad que no sea la propia. O aquello de "Literatura española y latinoamericana", como si fuera lógico comparar un país con un continente». Clara Obligado sobrevivió a la dictadura en el exilio y el frío de Madrid. Nos juntamos a desayunar en el Majaderitos del Callejón de Cádiz, en Madrid. Me siento en una mesa al fondo y espero un rato leyendo, hasta que, alertada por la hora –Clara nunca llega tarde– levanto la vista y la encuentro sentada en una mesa que da a la ventana. Ya pedí mi desayuno. Un desayuno que incluye un croissant con queso y jamón dulce, un café con leche y jugo de naranja. La moza me ayuda a mudar mis platitos de mesa a mesa. Clara toma un cortado con la leche tibia. Me cuenta que su madre era alcohólica y que eso casi le arruina la vida. Clara crio dos hijas en España y es abstemia. Como Tamara Kamenszain, escribe para sus nietos. Le pregunto, como le pregunto a todo el mundo, si se le ocurren escritoras que en nuestra lengua –que no es la argentina, pero que tampoco es la lengua española– hayan abordado en su obra su consumo problemático de alcohol. Pasamos largo rato intentando componer una lista con nombres, pero no damos con ninguno.

Una casa. Un sitio donde esconderse, replegarse, reagrupar. Del que irse o al que llegar. Una casa, una estructura que marca el centro. Vuelo hacia mi casa en Iowa City y me da tranquilidad y también tristeza. Vuelvo a mi piyama, al mate por las mañanas, al desayuno con tortillas de maíz y salsa verde. A dormir en mi cama y rodeada de mis cosas. Me pido un vaso de vino con la cena. Pido la pasta, pero me dan la carne.

Me asomo a la bandeja de mi vecino y consigo ver que la carne está buena, así que no reclamo el cambio. Lo que sucede conviene. Unto el pan con manteca, después con queso, vacío en minutos el vaso con el vino. Podría haber pedido cerveza, pero no tuve corazón para decirme: Es la última. Vengo avisando, lo he ido diciendo. Ya pasaron las fiestas, la Navidad, el Año Nuevo. Argentina campeón del mundo. Mi cumpleaños. El sexo con extraños en Madrid, borracheras íntimas y borracheras populares. No duermo, miro una película atrás de la otra, no puedo concentrarme en ninguno de los dos libros que saqué de mi mochila antes de guardarla en el compartimento de arriba. Tomo agua y más agua, el avión hace pie, y las personas empezamos a bajar. Voy más rápido que casi todo el mundo porque voy sola y llevo solo lo que puedo cargar; en minutos nada más estoy en la cola de migraciones. Son casi las nueve de la noche y el hall del aeropuerto explota de gente, de fondo sobre el ala izquierda, una bandera enorme con barras y estrellas que anuncia que estamos en el país de las cosas. La fila avanza lento. Cuando me toca, el oficial inspecciona mis documentos, me pide el formulario migratorio y me pregunta, de forma automática, como si fuera parte de las preguntas de rutina, si traigo tabaco. Digo que no, pero estoy mintiendo. Traigo conmigo tres atados de tabaco de liar, filtros y papeles para armar. Mira el F1 unos segundos, el papel donde constan los detalles de por qué vivo en Estados Unidos y que necesito presentar para volver a entrar al país, se detiene en alguna de sus celdas, hace una mueca y levanta la vista. Me mira. Señala el punto de mi formulario que detalla la universidad, el tipo de título –un máster– y el *major* o área de estudio. Iowa University. Spanish Language and Literature. Me hace un chiste que interpreto como una burla: «You came a long way just to study Spanish». Me enojan de forma instantánea las implicancias detrás del comentario, pero suavecita y cooperando, rubia y blanca, sonrío y me devuelve mi pasaporte sellado con una mueca que parece sincera.

Camino y camino por el aeropuerto, voy de una terminal a otra, de a poco dejando que el oído se acostumbre al ruido de fondo de las conversaciones en lengua extranjera hasta que llego al tren y me subo. Está helando, el frío se siente en la plataforma, que está cubierta, pero igual es intenso. El tren está lleno de gente en situación de calle y yo busco un vagón donde no estar sola con los homeless. Son las once de la noche y el tren no arranca. Una mujer se baja los pantalones, como acomodándose el elástico, inquieta. Están llenos de agujeros, insuficientes para este invierno. Prende un cigarro. El humo me alcanza, se me mete dentro, me genera asco. Esto es lo que deben sentir los no fumadores cuando les fumamos agolpados sobre las ventanas de sus casas. Una señora que viste un chaleco reflectivo y parece que acaba de salir de trabajar, sale del vagón y vuelve dos minutos después con el guardia, que le pide a la mujer de los pantalones, a los gritos limpios, que apague su cigarro. La mujer también grita, pero cuando el guarda insiste y le hace frente, ella agacha la cabeza y se sienta, obediente con el cigarrillo apagado entre las manos en un cuenco, como invocando la brasa que acaba de extinguir. El tren arranca.

Es sábado por la noche y los grupos de personas entran y salen del tren. La gente tiene planes. Cuento las estaciones, tengo batería en el teléfono y estoy atenta, pero de todas maneras me da miedo pasarme o perderme. Una hora y media después me bajo en el centro de Chicago, camino a mi hotel, que queda a pocas cuadras, me cobran cincuenta dólares extra en concepto de depósito por el cuarto que ya pagué por adelantado. Me quiero quejar, pero no tengo fuerza y, de todos modos, acá todo es así. Subo trece pisos en ascensor y me desmayo sobre la cama de mi cuarto compartido. Cinco horas más tarde me despiertan los ruidos de una de las chicas que también ocupa el cuarto, está comiendo algo que cruje cuando lo saca del envase y luego cruje también en su boca. Me levanto, vuelvo a vestirme y pido un Uber que me lleve hasta la estación de bus. En el camino paso por White Palace, un diner de veinticuatro horas, por el desayuno. En la estación, le pregunto al chofer, que controla el acceso a la plataforma, si tengo tiempo de comer y me dice que coma arriba del bus, que hay poca gente y que ya nos vamos. El bus no va lleno, me siento sola en la primera fila y me termino los pancakes, los huevos, las salchichas. Escucho música, juego al Candy Crush y de a ratos consigo leer uno de los libros que vengo cargando en la mano desde que salí de Madrid, pero no dormirme. En Davenport hacemos trasbordo. En este otro bus el enchufe para cargar el teléfono no sirve, así que lo guardo. Casi cinco horas en la ruta, pero por fin llego a Iowa City. Hace frío, pero no tanto. Camino diez cuadras cargada con la maleta llena de libros y la mochila con la ropa de invierno que no tengo puesta porque a estas temperaturas no hace falta. Todo parece un poco peor que cuando me fui, hace más de un mes. No ha nevado en días, quizás semanas, pero ha nevado y se nota en los montoncitos de hielo congelados en las esquinas y los bordes de la calle, en el pasto seco e inclinado por el efecto del viento y el peso de la nieve que ya se ha derretido. Mientras camino y tomo un atajo por el Graduate Hotel, aparecen el amarillo y el negro con el que se exhibe el nombre del establecimiento. Los colores de la universidad, impresos en todos lados, están deslucidos, percudidos por la inclemencia del invierno. Hay grietas en la fachada que antes no había visto, y el Pedestrian Mall, que suele ser el centro del movimiento, está vacío. La luz que alcanza las calles se asoma sobre la forma de las cosas para revelarlas más tristes. Lo único que parece intacto son los banderines que visten los postes de luz con el logo de la universidad en Iowa Avenue. Letras amarillas sobre un fondo negro indemne: Iowa. Que se haga de noche, pienso. Que se haga de noche de una vez. Abro la puerta de mi casa, subo las escaleras, reviso que todo esté en orden y ajusto la calefacción que, antes de irme, dejé en mínimo. Me baño, me tomo un té, deshago mochila y maleta, cambio las sábanas. Estoy, después de treinta horas de viaje, por fin en casa. Aviso a mis compañeros que llegué, sana y salva, que nos juntemos pronto, que cuándo y dónde nos vemos. Por favor, una cerveza hoy mismo, responde alguien. Pienso entonces que cambié de país, de continente, de lengua, pero acá sigo, dándole vueltas a la tarea de descolgar la media sombra abandonada a este invierno especialmente crudo, después de haber guardado mi cuerpo del sol durante el verano. Pongo el teléfono en silencio, me tomo una pastilla para dormir y doce horas después abro los ojos.

Diciembre, 2022

Me doy vuelta y cuento para atrás cinco meses de beca, que pasaron sin que me entere; cinco meses en los que yo tenía que hacer era terminar la novela. Siento que acabo llegar, pero ya estamos a punto de terminar nuestro primer semestre del MFA en Escritura Creativa en Español de la Universidad de Iowa. Somos doce escritores o escritores en ciernes o quizás ni siquiera eso. Quizás solo seamos personas que creen que quieren escribir o que creen que escriben. La estadística dice que de cada promoción solo uno logra finalmente dedicarse a la escritura como actividad principal, publicar, algún tipo de reconocimiento en el campo de la literatura. Otra cosa es poder vivir de eso. Dos veces por semana nos juntamos a discutir nuestros textos. El programa es pequeño. Entonces, al contrario de lo que pasa con el programa en inglés, estamos todos obligados a cursar todos los talleres: poesía, ficción, no ficción, teatro. Pensé que la poesía me iba a costar más pero me salió más nítida y fácil que la corrección de mi novela. Una compañera me dijo, cuando presenté mi poema sobre el Iowa Writers' Workshop, que se notaba que escribiendo poesía me divertía más que escribiendo narrativa. Quizás debería abandonar la narrativa y dedicarme por completo a la poesía. Igual no hay forma de vivir de la escritura, pienso.

Como estos meses, la primera vez que leí *La novela luminosa* la olvidé por completo. Pasó sin que me diera cuenta. En una clase, hace ya unos cuantos años, un profesor preguntó si la habíamos leído y levanté la mano, pero no pude recordar el argumento, la trama, de qué se trataba. Solo podía conjurar su efecto, la sensación de algo lindo en el pecho, como si la lectura me hubiese curado un vacío.

Mario Levrero ganó en 2000 la Beca Guggenheim. Tenía que usar ese dinero para escribir La Novela, una gran obra que lo consagrara de forma definitiva como uno de los grandes de la literatura en español. En cambio, se dedicó a llenar un diario de anotaciones sobre lo mínimo que llamó *El diario de la beca*, en el que fue apuntando los detalles que toman cuerpo en la vida de un viejo solo en la ciudad de Montevideo. Las palomas que se posaban en el techo que daba frente a la ventana de su living, una posible trama policial en relación al cadáver de una de ellas, una máquina para hacer yogur casero, los detalles burocráticos de la instalación de un sistema de aire acondicionado en su casa en medio de un verano ardiente; la lucha contra sí mismo, el cuerpo de un hombre ya cansado, atado a una silla tratando de decir algo elocuente antes de que lo alcance la muerte.

«No vuelvas a caer en la trampa de querer decir de qué habla un libro que percibes que es grande [...]. Un gran libro no tiene tema y no habla de nada, solamente busca decir o descubrir algo, pero este solamente ya lo es todo, y este algo también lo es todo», dice uno de los personajes de Mohamed Mbougar Sarr, en *La más recóndita memoria de los hombres*. Levrero, por su parte, aporta: «Con el paso del tiempo, uno va descubriendo que el argumento no tiene mayor importancia; el estilo, la forma de narrar es todo». Como si nada, apenas arrancado el libro, con ese tono quieto, como si estuviera meditando, escribe. Yo leo y subrayo. Lo subrayé la segunda vez que lo leí y, ahora que vuelvo al texto, quiero hacerle un altar en la cabecera de mi vida, pero me conformo con sacarle una foto y subirlo a mis historias destacadas de Instagram.

Tenemos hoy un evento del programa, organizamos un festejo para cerrar el semestre y de paso mostrar algo de lo que vinimos a hacer, de lo que estamos haciendo en Iowa City. Una ardilla gris, algo flaca, parecida a una rata cualquiera, da vueltas por el alero que da a la ventana contra la que escribo. Mientras la veo corretear de un lado al otro del sobretecho, tan cerca mío, me hacen sentido las telas mosquiteras que cubren las ventanas de mi casa y de todas las casas en Iowa City. Pienso en cuánto tiempo les habrá llevado darse cuenta, a los dueños de las casas, que era necesario cubrir con rejillas de metal todas las ventanas. Cuántas ardillas, chipmunkies, conejos y zarigüeyas se habrán colado al interior de las cocinas durante el invierno buscando algo que comer a lo largo de los años, antes de que se instalaran estos mosquiteros que ahora me protegen de la fauna viva de esta ciudad a la que vine a vivir. Ya casi salimos de vacaciones, aunque yo vivo con la sensación de que estoy de vacaciones permanentes. Es la primera vez en mi vida que no me toca trabajar. Desde que renuncié a mi trabajo como librera y dejé Madrid en agosto, mi ocupación principal es este programa, leer lo que se me pide, presentar la cantidad máxima posible de páginas cuando me toca. Pensé que me iba a costar la gestión del tiempo libre, pero contra mis intuiciones y pronósticos, lo disfruto y siento, a la vez, que avanzo. La idea para esta noche es leer en voz alta entre seis y ocho minutos textos cortos, escritos en nuestras lenguas, que se proyectarán en simultáneo, traducidos al inglés, en una pantalla detrás. Me pica un poco el cuerpo, estoy inquieta. Me retuerzo sobre la silla y me levanto. La ardilla ha desaparecido. Ya no la veo en el alero que da a la ventana y me pregunto dónde se esconden los animales cuando dejamos de verlos correteando por los jardines y los techos. Amago con abrirme una cerveza, pero me contengo. Tengo en la heladera dos latas que sobraron la última vez que invité gente a la casa. Es la marca que me gusta, pero está saborizada con naranja. Acá se usa mucho sumarle sabores random a las cosas. Voy a beber en la noche y necesito trabajar, entonces me detengo. Faltan horas todavía para el encuentro y tengo que escribir. Me levanto al baño y me miro un rato en el espejo. Alcanzo con mis dedos algunos puntos negros en la nariz y siento un placer relativo al ver que salen, que la grasa encerrada en esos agujeros diminutos cede a la presión. Me lavo la cara y paso por la cocina otra vez. Un puñado de pistachos en la mano y vuelvo a la computadora, donde tecleo palabras que no me conforman, que no son exactamente lo que quiero decir.

El único camino que conozco es la disciplina y me pego a lo que sé porque no tengo otra cosa. La disciplina para mí está hecha de distracciones múltiples que retrasan el momento en el que finalmente escribo algo. Ir al baño a mirarme la cara, jugar a la canasta por internet entre lectura y lectura, hablar por teléfono con mis amigas sobre los chismes más insignificantes. Últimamente también me dedico a hacer milanesas y salsa de tomate. Tengo dos kilos de milanesas de pollo frezadas y cuatro tuppers con salsa fileto. Si quisiera, me podría quedar encerrada hasta que me toque ir al aeropuerto a tomar mi vuelo a España. Quizás sea la influencia velada de las series y novelas que presagian un inminente fin del mundo lo que me empuja a llenar la heladera de comida. Yo creo que es posible que tenga más que ver con el frío. Me cuesta salir a temperaturas bajo cero, entonces lo evito. A veces, como con las milanesas, con notable anticipación. Me pregunto si alguien se saca el piyama y se viste para escribir, si, como yo, intentan muchas veces antes de conseguir dar con un párrafo nítido. Insisto en dar vueltas por la casa, entre un ambiente y el otro, buscando en los rincones las respuestas que no brotan por generación espontánea. Quiero salir a correr, tengo el impulso, siento que el cuerpo me lo pide, en cambio considero abrirme un helado y al final me caliento unas quesadillas. Pongo la aspiradora, tiendo la cama y doblo la ropa que lleva tirada sobre la alfombra varios días. No escribo todo lo que quiero, pero al menos estoy haciendo algo, al menos terminé algo, como poner en orden el cuarto.

Me armo un cigarro y lo prendo, aspiro y me concentro un segundo, quizás dos, en las volutas de humo blanco que forman arcos contra el sol que entra por la ventana. Es una linda casa. La calefacción funciona bien y cuando entra el sol de la tarde parece primavera. Hasta dan ganas de salir a la calle, pero casi siempre me quedo dentro y miro por la ventana mientras escribo. Afuera ya hay nieve, viene nevando seguido, pero la temperatura sube y baja y la nieve no termina de aferrarse a las baldosas.

Busco en internet «One train may hide another» e intento leerlo en voz alta. Siempre fallo en los mismos lugares, me confío en que lo tengo enterrado en la lengua, en que mi inglés ha mejorado, pero el poema me sorprende con reveses inesperados a pesar de que me lo sé casi que de memoria. Tengo que aprender del propio poema, como el peatón que cruza y debe mirar después del paso del tren que el ruido y la prisa no escondan otra máquina. Saber esperar, tener paciencia, aprenderse la próxima línea antes de recitar esta que tengo en el borde de la boca. Es un ejercicio de meditación, un rezo y como toda plegaria encierra una técnica. No puedo leerlo de corrido, no al menos como me gustaría. Entonces intento traducirlo. Quizás así lo logre. Un tren puede esconder otro tren. Un tren podría esconder a otro tren. Un tren puede ocultar otro tren.

Es decir, si estás esperando para cruzar
las vías, espera al menos un momento aunque
sea hasta que el primer tren se haya ido. Y así cuando leas
espera a leer la siguiente línea.

Me digo que estas no son distracciones, sino que modos de acercarme al centro de algo. La paciencia es la clave, cultivar un estado en suspenso, latente pero quieto, preparándome para lo que vendrá. «La inspiración existe, pero tiene que encontrarte trabajando», dijo Pablo Picasso. Me gusta la frase, pero después de que vi *Nanette*, el set de comedia de Hannah Gadsby, no soporto a Picasso. Gadsby es una comediante y actriz australiana que escribió el mejor stand up del que tengo memoria. Salvo que no es exactamente eso. Parece eso, se monta sobre los resortes de la comedia, pero nos engaña; no está de pie sobre las tablas para hacernos reír, sino para dejar en claro que los chistes que ella viene haciendo hace años, los chistes donde se pone a sí misma en ridículo, se critica y se desprecia, fueron creados a partir de experiencias reales, muy concretas y violentas.

Gadsby es historiadora de arte de profesión y en su espectáculo cuenta algunas cosas sobre la relación que Picasso tuvo con Marie-Thérèse Walter. El pintor describió el encuentro con ella como perfecto; cuando se conocieron ambos estaban, según Picasso, en la flor de la edad. Él tenía cuarenta y cinco años y ella, diecisiete. Googleo su nombre –el de Marie-Thérèse– y en Wikipedia aparece una biografía de cinco líneas donde se cuenta cuándo conoció al pintor, el nombre de la hija que tuvo con él, la edad de ambos cuando se conocieron, la mujer con la que él estaba casado entonces y el nombre de la mujer por la que la dejó. Que fue su musa dorada e inspiró muchísimas obras de arte durante el tiempo que estuvieron juntos. El punto de Gadsby se me hace carne: la historia de Marie-Thérèse está enterrada bajo la reputación del artista. Gadsby se pregunta si acaso hemos llegado a creer que la vida y la obra de esa mujer, su potencial, no valía lo mismo que la vida y el potencial del hombre con el compartió trece años y con el que tuvo una hija. Lo que ilumina el ejemplo de Gadsby es algo que ya sabía y que me obsesiona: sin sus musas doradas –las mujeres que lo acompañaron antes y las que vinieron después– Picasso no hubiese sido el artista más importante del siglo XX. El dolor de esas mujeres frente al éxito de un hombre es una cosa menor. Una literatura menor.

Sigo con mi rutina, ese circuito de danza alrededor del escritorio. Me dejo descansar de los temas importantes porque revisando estas cosas me dan ganas de llorar todo el tiempo. No funciona del todo esta primera persona. No me acomoda, no me parece rigurosa. Las mujeres escribiendo sobre sí mismas: una literatura menor. Hay días en los que estoy convencida de que no soy lo suficientemente buena, y en general esos días son en los que más insisto. Miro la hora. Todavía es temprano, pero me adelanto, no me gustan las prisas. Salgo de casa y en la esquina doblo por la calle Van Buren y avanzo hasta que doy de frente con el hospital y corto apenas el camino por los canteros, para alcanzar Gilbert Street. Desde aquí es todo hacia delante, trazo recto hasta el bar. Voy caminando lento, perdiendo el tiempo porque me sobra. La calle está encendida, grupitos de chicas minúsculas, todas rubias y vestidas con el mismo jean agujerado en las rodillas y top negro o blanco, sin ningún abrigo encima, avanzan hacia el centro entre risas y apuradas. Alguna carga bolsas con botellas que tintinean mientras se mueven. Las veo pasar y como un reflejo me subo el cierre del saco y me ajusto el gorro sobre las orejas. Verlas así desabrigadas me recuerda que a su edad yo hacía cosas parecidas. Ojalá pudiera decirles que tanto intentarlo no hace falta, que andar casi desnudas en el medio del invierno no les va a entregar nada de lo que buscan. Me pasa a veces eso de no saber qué más hacer con mi tiempo. Entonces planeo modos de perderlo, como caminar muy lento o emborracharme. Con resaca apago algo que hay dentro mío y me inclina al hacer. No pienso tanto en aprovechar o en ser productiva. Me dedico a aguantar lo que queda del día tirada en la cama, un poco triste a veces, otras veces muy triste. Sé que mañana voy a tener un día estúpido, mirando películas malas y jugando al Candy Crush. Pero el peso del cuerpo cansado, la cabeza en modo avión me resetea el punto del cerebro de donde brotan las ideas. El día después de mañana sé que voy a poder trabajar mejor. Me paso del cruce con semáforo en la esquina de Gilbert y Burlington. Evalúo devolverme a la esquina para cruzar por donde corresponde pero me da pereza. Calculo entonces mentalmente la distancia que me separa de los autos que avanzan a toda marcha por la calle. Encuentro un claro entre coche y coche, miro de nuevo para ambos lados y corro. Es temprano, así que me lio un cigarro y fumo en la puerta. Entro al bar y todavía no hay gente. Las cabinas, sus mesas y sus sillas como envueltas sobre su propia madera oscurecida, a resguardo de la luz que sobre la barra señala que ahí se sirven los tragos. Un puñado de hombres blancos, barbas largas y gorra, apoltronados sobre sus banquetas, bebiendo cervezas rubias a tragos anchos, silenciosos, casi siempre solos.

Una fogata encerrada entre vidrios gruesos en el centro de la sala despide un calor infame, casi insoportable. Todavía no llegó nadie. Voy directo a la barra.

La idea es que cada compañero o compañera, una vez que acaba de leer, presente a la persona que sigue. Estoy entre las últimas, lo cual es bueno. Tengo tiempo para ponerme cómoda y estudiar la sala. Antes de que arranquen la lectura ya terminé la cerveza que pedí apenas entré. Así que me apuro, me levanto y a la barra de nuevo a pedir la segunda antes de quedar atrapada. Cuando me toca a mí, la persona que me presenta dice que soy argentina y que organizo asados cada vez que tengo chance. Que hablo rápido, quizás demasiado rápido, que agudicen sus sentidos y se preparen si pretenden seguirme el ritmo. Que soy una líder natural y me llama por mi nombre. La presentación, que es breve, me emociona. Me gusta que mi compañera diga que soy una líder natural. Me gusta porque coincide con la imagen que tengo de mí misma y también porque no lo esperaba. La abrazo y le agradezco sus palabras.

Me acomodo en el escenario y estoy nerviosa pero no dejo que se note. Me despliego, abro las alas, las compuertas. Sé, además, qué leer. Últimamente le vengo diciendo «El método Luiselli», en homenaje a la escritora mexicana Valeria Luiselli, a mi método de interacción con los gringos en el gringo, que consiste en decirle a ellos, en su propia lengua, que son unos pendejos. Como Luiselli en *Desierto sonoro*, escribí el poema «Iowa Writers' Workshop» para quejarme. De los gringos en general, pero más específicamente de mis compañeras del Workshop de Fiction, que se la pasan diciendo que nada les funciona porque creen que lo que se espera de ellas es que destrocen todo porque así, imaginan, debe verse la inteligencia. Empiezo:

Puedo enderezar el odio dentro

cada vez que escucho

It didn't work for me

a little bit too long

like six pages too long, I'd say

como enderezo la espalda

cada vez que la reconozco torcida

inclinada sobre algún costado

izquierda o derecha

Sé dónde sembrar el suspenso con mi voz, cuándo parar y cómo volver a reclamar la atención si siento que el público se está distrayendo.

It is always for them *for me*

—según yo—

nothing seems to work

para mí

todo trabaja

—la traducción es mía y es literal—

maybe nothing will work

except themselves and what they have to say

they have been built to point out the things they can't conceive

yo, las cosas que me dan envidia

as if those things can't actually exist them

because they haven't seen that before

look for me that's not a thing

meaning being: poseo todo

si nadie escucha el árbol

derramarse sobre el bosque

si nadie –them– lo ha visto

estrellar todo su peso contra la tierra

entonces no tuvo lugar

even though everybody else

but them

seems to find beauty

en lo que no entendemos

Vivo para oportunidades como estas, no es que esté orgullosa, pero lo disfruto. Aun cuando me tiemblan las manos y no consigo pasar las páginas del texto en el segundo exacto, como lo había practicado, la gente se ríe. Me aplauden, yo agradezco y me vuelvo a mi silla. Siento la sangre en las mejillas, las visualizo coloreadas de rosa. Tengo calor, estoy contenta. Una chica nacida y criada en Iowa se me acerca y me dice: Gracias por leer esto, la verdad acá siempre nos estamos preguntando, qué carajo le pasa a esta gente que viene al Workshop. Un poeta chicano que está cursando el programa de poesía me dice que le encantó lo que leí, que por favor se lo mande. Quiero brindar y perder los modales, abrazarme con todo el mundo. Pero todavía faltan compañeras por leer, así que me sereno. Me vacío el vaso de cerveza que dejé sobre la mesa cuando me subí al escenario y que ya está tibia, me fuerzo a concentrarme y atender al trabajo de mis pares. Este tipo de pequeños dilemas morales me cortan todo el tiempo, quisiera sentir una ansiedad de escucha genuina pero la verdad es que no me pasa. Soy consciente de quién soy, me repito, esperando que eso sirva para algo. Todos somos adictos. Todos generamos dependencia. Supongo que se puede ser adicta a muchas cosas. Si me dan a elegir, prefiero concentrar la atención por las razones correctas, como leer algo que escribí y que siento que es bueno. Pero llegado el caso, cuando lo necesito, tengo atajos. Como hacer chistes o hacer asados. Hablar más fuerte que los demás.

En este evento que viene a consagrar nuestro trabajo, a darnos voz y una oportunidad de exhibirnos, estoy borracha. Es curioso cómo una forma de ser que roza la megalomanía se perciba como liderazgo, pienso mientras termina de leer la última de mis compañeras. Puede que ya haya pasado suficiente tiempo bajo el paraguas del hábito de la bebida, y el rol social ha terminado por prevalecer sobre la persona. Estaba borracha antes de subir al escenario, y cuando termina y nos vamos a bailar a un garito de música latina, estoy todavía más borracha.

Me quedan todavía otros seis meses de beca, el tiempo que tengo para hacer lo que vine a hacer. El diario de la beca o *La novela luminosa* iba a consagrarse como la gran obra de Mario

Levrero, y no solo eso, sino como una de las obras más relevantes de la literatura latinoamericana reciente. Para los que dicen que saben está al nivel de *Los detectives salvajes*. Yo creo que tienen razón. No terminé mi novela y eso me preocupa. Sin embargo llené largas páginas con otras cuestiones que no vienen al caso, pero que me resultan igual de importantes.

Noviembre, 2022

Tuve que guardar la bicicleta. Siento que es el final de las concesiones que hasta ahora tuvo con nosotras Iowa City. Una bienvenida a las armas. Algo está por cambiar. Se deja ver en el vaivén de las ardillas de un lado al otro del jardín, en que levantaron las terrazas de los bares, en los guantes sueltos que aparecen, cada vez con más frecuencia, en las veredas y las calles; todo alrededor se prepara para el frío intenso. Anoche cayó la primera helada y cuando quise usar hoy la bici me encontré con los frenos congelados. Casi me estampo contra un jeep en la esquina de Market Street con Gilbert. Tuve que volver hasta mi casa y subirla a los tumbos. Rayé toda la pared del hall de entrada. Espero que mi casera no me lo quiera cobrar cuando me vaya.

Empezó temprano, el mes pasado ya tuvimos temperaturas bajo cero y parece que este fin de semana va a nevar. Me da miedo el invierno, pero a la vez quiero que nieve. Quiero que nieve mucho y que digan que cierran la ciudad y nos tengamos que quedar encerrados. Quizás este deseo que tengo sea un reflejo del tiempo que no supe aprovechar durante la pandemia. Siento que si la vida me diera otra oportunidad de encierro sería capaz de cosas de las que no fui capaz durante el confinamiento. Tengo que dejar de beber, pero no quiero. Entonces vengo al gimnasio.

Me tardé el doble porque vine caminando y voy a tardar el doble en volver a casa porque voy a volver caminando. Va a tocar cambiar la rutina, no puedo salir exclusivamente al gimnasio si tengo que ir y volver caminando todos los días. Caroline Knapp cuenta en *Drinking: A Love Story* que cuando empezó a entender que la organización de su vida giraba cada vez más alrededor del hábito de beber optó por enfrascarse en sesiones de ejercicio intensas para sacudirse la resaca y la culpa. A mí correr me mantiene cuerda. Necesito cansarme. El exceso de energía se me atraviesa y me termina oscureciendo. En los días en que la energía me desborda, me castigo. Me aferro al teléfono y mando mensajes desajustados, exigiendo cosas que no corresponden o respondo con dosis minúsculas de maldad ante el más mínimo roce. Ruy y mis amigas están acostumbrados y saben ponerme un freno, pero eso de todos modos no alivia la carga de culpa que me produce ser injusta.

Mientras subo a la cinta pongo un podcast que sigo desde que vivía en Madrid. Isabel Calderón y Lucía Lijtmaer hablan del consumo de alcohol en escritoras mujeres. No es una casualidad, elegí este episodio especialmente. Escucho, mientras le subo la velocidad a la cinta, que entre los años noventa y los 2000 la feminidad consistía en rechazar los modelos de sumisión y docilidad que habían imperado como norma para las mujeres en las décadas anteriores. Me caen bien las mujeres que conducen *Deforme Semanal Ideal Total*, siento que podrían ser mis amigas. O mejor: que si con mis amigas nos decidiéramos a hacer un podcast podríamos hacer uno igual de bueno. Cuando las escucho reírse de la cantidad de podcast que florecieron por aquí y por allá cuando a ellas les empezó a ir bien con el suyo, me arrepiento. Pienso que justo ahí está la magia, que parezca fácil, pero claro que nunca es fácil hacer algo realmente bueno.

«Había que acabar con esa idea», afirma Lucía Lijtmaer, e inmediatamente después enumera los modelos de mujer cool, de chica copada o, como dice ella, de tía guay, que rigieron mi adolescencia y la de mis amigas. Mujeres que se convirtieron en ejemplos de una forma de ser mujer que rompía con los esquemas que hasta entonces habían marcado el norte. Britney Spears, con la cabeza rapada, yendo sin calzones a todos lados. Las señoras de *Sex and the City* que buscaban sexo de todas las formas y colores y bebían sus Cosmopolitan siempre espléndidas y esculpidas, sin padecer jamás una resaca. Amy Winehouse y sus peinados exuberantes, cantando que no quería ir a rehab. Cameron Díaz y el papel que interpretó en *There's something about Mary* en donde toma cerveza sin parar, come panchos, ama el baseball y el fútbol, eructa como un camionero y todos los hombres de la película están obsesionados con ella.

Mientras avanzo a un ritmo moderado en la cinta pienso en cuando en medio de una ronda, jugando a la botellita en el club al que íbamos en mi pueblo durante el verano, copié algo que le había visto hacer a uno de mis compañeros varones en una oportunidad anterior. En lugar de sentarme quieta y calladita abrí las piernas lo más posible, tratando de maximizar así las chances de que la botella me apuntara a mí y pudiera elegir a quién besar en la boca. No quería besar a nadie en realidad, no me gustaban esos chicos ni lo que estábamos haciendo, pero me sentí inclinada a hacer eso, a impostar lo que creía que era lo que se esperaba de mí: esconder que era todavía una nena, demasiado pegada a su madre y su padre, llena de preguntas y de vergüenza. Una de las chicas que estaba conmigo pareció interpretar lo que yo estaba queriendo decir y se metió a la pileta, ya era tarde, no había bañero. Estábamos solos en un predio gigante, nuestros padres lejos jugaban a las cartas, preparaban el asado de la noche o tomaban cerveza. Ya en el agua, se sacó la parte de arriba de la malla y la revoleó lejos. Teníamos once o doce años, todos éramos todavía niños, pero ella, a diferencia mía, ya tenía tetas. Cuando dos horas después terminó encerrada entre una ronda de varones que le manoteaban la entrepierna mientras ella gritaba, entendí que a veces reclamar de forma abrupta la atención de los varones podía ser peligroso. Que, si me iba a dedicar a llamar la atención de esa manera, tenía que poder calcular antes la medida de la reacción que podía despertar en los demás. Aprendí a controlarme, a elegir cómo, cuándo y con quién. A cuidarme de los peligros del mundo.

Mientras escucho el podcast y corro en la cinta quiero apuntar lo que dicen Lucía Lijtmaer e Isabel Calderón, pero estoy corriendo y si me detengo no sé si voy a ser capaz de retomar la marcha. Hacer muchas cosas al mismo tiempo tiene límites precisos. Mientras corro, no puedo leer ni escribir, entonces escucho la radio. Intento prestar atención al podcast y al ritmo sobre la cinta para no perder el equilibro. Espanto a manotazos el reflejo de los árboles que, del otro lado de la calle Burlington, ya casi han perdido todas sus hojas. El invierno me está pisando los talones. Pienso en cuándo voy a decidirme a hacer lo que vine a hacer. Pienso en todas las veces que me hice pasar por una chica copada, y en que con el tiempo fue el modelo que se terminó formando sobre mí en la adolescencia: siempre la amiga y nunca la novia.

Chris Kraus publicó en 1997 *I love Dick*. Con notable anticipación vertebró en esa obra las discusiones centrales de un feminismo que todavía estaba por venir. En la novela la protagonista que se llama como la autora está casada y el matrimonio en conjunto cena una noche con un hombre que a ella la enciende de forma instantánea. Chris tiene cuarenta años y está aburrida. Su matrimonio y su marido la aburren. Está harta de vivir bajo la sombra de un hombre, al que ama profundamente, que no es más inteligente pero sí más exitoso. En el malestar de Chris ante su contexto vital se manifiesta algo de lo que va a poder poner en palabras más adelante: en la mayoría de los casos, los sentimientos de una mujer siempre aparecen en plano secundario en relación a la reputación de un hombre. La protagonista es crítica de arte y cineasta como Kraus y se ha pasado los últimos años gastándose todo su dinero en una serie de películas que parecen no llevarla a ningún lado. De repente, en ese pantano que es la edad adulta, aparece Dick. Chris se calienta con Dick y se obsesiona y empieza a dedicarle largas cartas de amor. Dick no quiere saber nada, le repele el comportamiento de una mujer que se niega a bailar la danza del apareamiento. La rechaza, la evita, no le responde las llamadas, mucho menos las cartas. Contra las estructuras de los mandatos sociales, el deber ser, el deseo en ella no se serena. Chris desata sobre Dick la manida práctica que, a lo largo de la historia de la humanidad, hemos padecido las mujeres de nuestras contrapartes hombres: el acoso. Insiste e insiste porque lo único que le interesa es cogérselo, da igual si él no la desea como ella a él. Se trata más que de ninguna otra cosa de reclamar para sí misma territorio sobre alguien que la rechaza.

Claro que para la protagonista llega un punto en el que las cartas a Dick se transforman en otra cosa. Una excusa o una plataforma para hablar de cuestiones importantes. Pero el medio es parte del mensaje, y hay algo en acosar abiertamente a un hombre que le entrega un espacio. En el acto de adueñarse del rechazo y la vergüenza, encuentra su voz. En palabras de la propia Kraus: «Si las mujeres hemos fracasado en hacer arte universal porque estamos atrapadas en lo personal, ¿por qué no universalizar lo personal y hacerlo tema de nuestro arte?». Lo que me interesa de *I love Dick* es lo mismo que me interesa de las mujeres que escriben sobre su consumo problemático de alcohol: la posibilidad de usurpar un espacio, hacerse lugar a las patadas en un mundo hecho a la medida de los hombres.

En la literatura contemporánea escrita en inglés los ejemplos de mujeres que escriben sobre alcoholismo en primera persona se cuentan en racimos. Es sin duda un fenómeno que explota lo contemporáneo en este asunto de beber y de escribir. Hay para todos los gustos, con diferentes enfoques y mensajes. Puede parecer una verdad de Perogrullo, pero para escribir un libro sobre el hábito de beber no alcanza con beber. Esto es algo que Leslie Jamison entiende bien y por eso se concentra, en el final de *The Recovering: Intoxication and its Aftermath*, en poner por escrito las historias de mujeres alcohólicas que no cuentan con los privilegios que ella sí.

Mientras escucho a Lijtmaer y a Calderón hablar de *Lagunas*, el libro de Sarah Hepola, le subo la velocidad a la cinta para el último tramo de mi rutina. «Alcoholism is a self-diagnosis», escribe Hepola. Estoy de acuerdo, pienso. Cuando lo leí me golpeó como una pequeña revelación. También me vi a mí misma en ella cuando después de dejar de tomar, pasa las mañanas encerradas en un clóset en su departamento de Nueva York como una forma de silenciar los fantasmas contra los que está peleando. Pienso en que mientras Hepola se encerraba en el clóset de su departamento yo me vine a encerrar a Iowa City esperando que esta nueva fuga geográfica haga lo que yo no puedo hacer por mí. Pienso en que todas somos adictas a algo. Pero también recuerdo las páginas que llena con cartas de agradecimientos y penitencia. La cantidad de veces que se disculpa.

Contar el alcoholismo desde el mito de origen como Caroline Knapp o Mary Karr tampoco me acomoda. No encuentro en mi propia carrera con el alcohol una línea de partida, mucho menos una de llegada. No recuerdo el instante en el que un trago de cerveza me empujó al lado oscuro, ni tengo un padre que se encerrara a beber en el garaje después de la cena familiar. En la casa que crecí no teníamos garaje y una botella de whisky duraba años. Mi hábito no es hijo biológico del trauma. Es un tema literario como la maternidad, el duelo, el embarazo. Pero también es un nicho, una táctica. Podría convertirse, pienso, en una plataforma para hablar de temas importantes. Debería ser capaz de no convertirse en una identidad, de no hacer de esta estrategia de soporte una cosa única, que se solidificara como un lugar de enunciación de forma permanente. A veces, entre las escritoras de habla inglesa, siento que ese detalle se pierde un poco de vista. Contra la estrategia de Chris Kraus parecen quedarse en el corsé del yo como si la experiencia personal no pudiera transformarse en universal. Me limpio las gotas de transpiración que se me amontonan en la frente. Tampoco voy a disculparme. Aquí me planto y pongo un límite. Prefiero ser alcohólica que vivir arrodillada. No me voy a pasar toda la vida pidiendo perdón y sintiendo vergüenza. Ojalá las mujeres que conducen *Deforme Semanal Ideal Total* hagan un día un especial sobre Chris Kraus.

Pero tampoco estoy segura de que ser alcohólica no sea una forma de vivir arrodillada. Aun cuando he preguntado por todos lados y a todo el mundo, me cuesta encontrar mujeres que escriban en español y en primera persona sobre su consumo problemático de alcohol. Tengo una lista de ejemplos, pero al contrario que lo que sucede en lengua inglesa, funcionan más bien como cabos sueltos, intentos aislados: *Yo maté a un perro en Rumanía*, de Claudia Ulloa Donoso, *Isla decepción*, de Paulina Flores, *Vacío temporal*, de Carla Vargas. Pero estas escrituras son ficciones, y claro que no es exactamente eso lo que estoy buscando. La única que conozco, además de María Moreno y su *Black out* soberbio, es *Otra*, de Natalia Carrero. Una especie de diario anfibio donde cuenta la historia de dos familias, la que la tuvo a ella como hija y la que la tiene en tiempo presente a ella como madre. El alcoholismo de Natalia es un mundo de lenguaje que incluye imágenes y sonidos. Una representación que consigna cómo se transforma la percepción de los sentidos cuando las que bebemos y escribimos somos las mujeres. Natalia intenta, apuesta, por la construcción de una patria. Mínima, hecha de señoras corrientes que beben en casa de espaldas al mundo que las empuja a encerrarse. Quizás, más bien, una matria. *Gluglú*, escribe Natalia para emular el sonido del trago de vino o de cerveza bajando por la garganta, el vaso en la mano, la mirada vidriosa. No encuentro el punto de apoyo, voy dando saltitos con mi pasaporte argentino de lengua en lengua, pidiendo asilo, pero en el camino voy haciendo escalas.

La obra más importante que leí sobre el alcoholismo en una escritora mujer la escribió una argentina. El *Black out* de María Moreno para mí es tan fundamental como para los escritores en lengua española debe de serlo *El Quijote* o *El Aleph*. Yo no he bebido lo suficiente hoy ni en toda mi vida para aspirar a una literatura seria. No me engaño pensando que estoy para grandes cosas. Lo mío es simple, una cosa chiquita como yo misma: una literatura menor. María Moreno consigna en su libro un testimonio del hábito de beber, pero también un diario de la abstinencia. Bien adentro del libro, justo antes de terminar, aparece el registro de treinta y cinco días que Moreno pasó sin tomar.

En la entrada del 10 de noviembre:
«Dios mío. ¿Quién dijo que escribir sublima o consuela? Lo que hace es escarbar. Si tuviera el síntoma que me saque del mundo al hospital, no sufriría así. Pero soy lozana, fortachona en mi sufrimiento: no alucino. No me desplomo, camino toda la noche».

El 12 de noviembre:
«¿Y si escribir no fuera lo que me sostiene? ¿Si lo que me sostiene fuera el verdugo líquido que difiere el momento de tocar el punto mortal, prolongando la vida que es visualizada como no toda enfermedad puesto que aún escribo?».

El 15 de noviembre:
«"Se para a cambio de nada", le decía a Charlie. Él callaba, sabiendo seguramente muy bien que no se para con el fin de no morir sino que se muere para no parar».

El 30 de noviembre:
«Nunca el prestigio de la brillantez ebria de una dama superará al de un caballero. Un borracho que pertenezca a una tribu de abolengo puede ser gracioso; una dama, repulsiva».

El 8 de diciembre:

«Sí, puedo ser brillante otra vez, otra vez ser un bufón, la que redobla la apuesta cuando los demás se recluyen en burbujas de agua mineral imaginarias. Pero yo no amaba mi objeto por lo que él me hacía ser, lo amaba simplemente. Y me hubiera gustado de todo corazón –contrariamente a lo que se piensa, que uno teme perder sus cualidades, que se tire al agua con el niño– que sin el alcohol me abandonara todo lo demás hasta estar perfectamente muerta. ¿Qué mujer, qué hombre, qué recién nacido ha inspirado un amor semejante?».

Me pregunto, después de esto, qué más se puede decir del asunto.

Paro la máquina, dejo de correr en el segundo piso del gimnasio de la Universidad de Iowa, y me bajo de la cinta. Isabel Calderón ahora habla de Carrie Fisher y su tormentosa relación con el actor Harrison Ford que, en una vida anterior, antes de protagonizar la saga *Star Wars*, fue el carpintero de Joan Didion y Gregory Dunne. La hija de Didion y Dunne, Quintana Roo, también fue alcohólica. Estaba en coma cuando su padre se desplomó en el salón comedor de su casa en Nueva York, evento que desató la escritura del que quizás sea el libro más conocido de Didion: *The Year of Magical Thinking*. Quintana Roo murió dos años más tarde, muchos tiempo antes que su madre. Tenía, como yo, treinta y nueve años.

Cuántos meses son muchos meses y cuántos años son muchos años. Pienso en que esa tarde en el club cuando todavía era una nena no ayudé a mi amiga, que gritaba desesperada, ni le pedí a los chicos que pararan con lo que le estaban haciendo. En cambio, caminé para el lado contrario y me senté sola en las hamacas, que quedaban lo suficientemente lejos para no escuchar sus gritos.

En la última entrada del diario de abstinencia, el 19 de diciembre, María escribe:

«El alcohol es una patria. Por eso no se la pierde». Y más abajo: «El alcohol es un Dios, por eso se puede creer en Él sin que esté presente, y por eso también se puede dejar de beber».

Ojalá, pienso.

Octubre, 2022

Me llega al correo de la universidad una propuesta para participar de un estudio que investiga el consumo problemático de alcohol. Para ser elegible como participante, hay que tener más de treinta y cinco años y haber consumido alcohol a lo largo del año. Pagan setenta y cinco dólares por una muestra de sangre y saliva y la hora que me va a llevar responder a un cuestionario. Necesito el dinero porque vivir en Estados Unidos es más caro de lo que esperaba, porque a la casa en la que vivo le faltan cosas básicas como un pela papa y un colador y cosas no tan básicas, pero igual de necesarias, como los marcos para las láminas que traje desde el otro lado del mundo. Es un ensayo y yo soy parte del grupo testigo, pero también estoy ahí como parte de mi propio ensayo. Quiero saber qué tipo de preguntas apuntan y definen un consumo problemático. Hay cosas que quiero saber porque hay cosas de las que quiero escribir.

Me gustaría ser de esas personas que viven en un mundo más ancho que la tarea o el trabajo que realizan, que cultivan los intereses como el protagonista de *Los llanos* se esmera en hacer crecer una huerta en medio del invierno. Yo voy corriendo de un libro al otro como si fuera una carrera, como si no leer las novedades editoriales me dejara en desventaja o se pudiera borrar lo que aprendí leyendo si me desactualizo. En cambio, puedo escuchar un millón de veces la misma canción. Ruy dice que la gente que se queja de las comedias musicales no entiende nada de la vida. Como si la gente se pusiera a cantar de la nada en medio de la calle, dice él que dicen. Pendejos, siempre estamos cantando en medio de la calle, la vida es una comedia musical. Apunto esto entre las cosas que me gustan de Ruy. Como que siempre me espere con la casa recogida y la comida lista, que asuma el rol de ama de casa siempre que estoy trabajando mucho. Que su veneno sea, como el mío, la cerveza helada. Cada vez que me visita y se instala en mi casa unas semanas o unos meses, me actualiza la playlist sin querer queriendo y así actualizo yo las canciones que escucho una y otra vez. Empiezan a sonar en mis oídos los primeros acordes de «Diez pasos hacia ti», la canción que me dio la idea para el título del libro que publiqué en agosto, mientras me acerco al edificio donde funciona el Medical Educational Building. Recuerdo a Ruy bailando solo en el living de mi casa de Madrid, hace un par de meses esa canción. Yo salía de ducharme, envuelta en una toalla y ahí estaba él, con una cerveza en la mano, tirando pasos, absorbido por la música, en el centro de mi casa. Recuerdo que solté la toalla y bailé con él desnuda y muerta de risa.

Pongo pausa a la lista de reproducción y entro en el Medical Educational Building. Me recibe Emily y me explica algunas cosas sobre el estudio que estoy a punto de hacer. Debe de tener veinticinco años y se la ve cansada. Tiene una marca en el cuello que parece un moretón mal curado, como si la hubiesen estrangulado allá lejos y hace tiempo. Es amable y paciente conmigo y mi inglés, awkward e impreciso. He ido mejorando, pero de todas maneras a veces me encuentro en el medio de una conversación no sabiendo estructurar preguntas básicas, como por ejemplo si le queda por delante un día muy largo. Me pasa seguido y aun cuando llevo tres meses interactuando en inglés todavía no sé cómo saludar debidamente a la persona que controla mi tarjeta en el gimnasio o pedir el syrup de vainilla sin azúcar en el Dunkin Donuts. Me quedo en blanco a menudo, tratando de recapitular adentro cómo era que se decía, rastrear en mi memoria las veces que escuché a otros y a otras desenvolverse en ese tipo de situaciones cotidianas. En general la gente entiende sin que les expliques, vuelven a preguntar, me ofrecen un minuto para pensar o ayudan porque están acostumbrados. Pido disculpas seguido, English is not my first language. Como si eso necesitara una aclaración o una disculpa.

Una de las cosas más lindas de estar con alguien es el acceso a sus intereses y hábitos, encontrarte de repente en el mundo, rodeada de sus cosas y aprender también a querer lo que de otra manera no te resulta importante. Yo leo y Ruy juega al ajedrez. Yo escribo y Ruy escucha música. Todavía no conoce la casa en la que vivo ahora. Esto me permite imaginarlo en ella a mi antojo, jugando al ajedrez en la mesa que instalé en la cocina para no comer en mi escritorio de trabajo, pero sobre todo para que tenga un espacio donde acomodarse si decide venir a pasar algún tiempo conmigo. A veces cuando estoy sola, le hablo a su foto o a su recuerdo. No son grandes conversaciones, sino más bien cosas mínimas, detalles de mi día a día que sé que le gustarían o le harían gracia. Que María Camila enseña español con las letras de las canciones de Karol G. El cuento sobre el desierto y el parque nacional Joshua Tree de Karen Russell que leímos en la clase del Workshop la semana pasada. Cómo estallaríamos en risas si saltara de repente en mi lista de reproducción «Por amarte así», de Cristian Castro.

De todos modos, me abro paso, logro, al segundo intento, formular la pregunta que tenía en la cabeza para Emily. Cuando me sobrepongo al trastabilleo en lengua extranjera y consigo articular lo que estaba a punto de decir y no me salía, siento calma. Ese tipo de pequeños triunfos, ajustes conmigo misma que me muestran que estoy mejorando, que voy aprendiendo. Ella me responde que tiene otro trabajo y que cuando termine conmigo tiene todavía que cumplir un turno completo en su otro empleo. No se queja, pero hay algo que la pone triste o la desilusiona y yo lo noto. Si yo lo noto es probable que alguien más lo note. Puede que el mundo alrededor vea en Emily, que tiene apenas veinticinco años, a una chica agotada y algo triste que es amable y sonríe. Yo salí de casa exclusivamente para esto, es lunes y los lunes no tengo clases, ni talleres ni más obligaciones que las que me pongo a mí misma. Ella es una profesional de la salud tomando muestras de fluidos de una persona que declara beber como un hábito. Yo quiero los setenta y cinco dólares para no sentirme culpable si esta noche o el viernes que viene decido pedir sushi a domicilio. Veo cómo se debe ver desde afuera el cuadro que pintamos en la sala 278 del Medical Educational Building Emily y yo. Me siento mal por Emily y sus dos empleos y esa marca rara que lleva en el cuello. Me siento mal por sentirme mal. Me siento ridícula por estar rascando dólares por acá y por allá como si el dinero de mi beca no me alcanzara. Como si de verdad yo fuera pobre o estuviera pasando privaciones. El dinero de mi beca me alcanzaría si yo no tuviera un conjunto de trámites en España que requieren que vuele a Madrid cada tres meses, ganas de viajar a Argentina o a México a ver a Ruy.

Ruy vive en Valle de Bravo, México, y yo en Iowa City. Antes de vivir en Iowa City, yo vivía en Madrid y Ruy en Berlín. Antes de que yo viviera en Madrid y él en Berlín, los dos vivíamos en Barcelona. En la época que nos conocimos nuestras citas consistían en juntarnos a emborracharnos y coger. Ahora no sé si nos enamoramos a pesar o gracias a esos rituales de borrachera, sexo y charla que compartíamos, religiosamente, una vez por semana. Mientras vivimos en la misma ciudad, intentamos separarnos muchas veces. Cuando él se fue a pasar la pandemia a México, pensamos que lo habíamos logrado, que podíamos compartir el tiempo que estábamos juntos y luego hacer cada cual su vida, sin esa intensidad que nos ata dictándonos el humor y la agenda. Pero contra el sentido común y la distancia, vivir lejos nos ha acercado. Dejamos de intentar separarnos, asumimos que queríamos estar juntos, aunque casi nunca fuera fácil y viviéramos a miles de kilómetros uno del otro. Hacemos planes para vernos un puñado de veces por año, gastando miles de dólares en vuelos para compartir un par de meses. No soy una persona amorosa, pero me acostumbré a comprar cervezas de camino si está esperándome en la casa o el Yakult que le gusta tomar en el desayuno porque le previene el dolor de panza. No había cultivado antes esa parte mía, la que puede ser doméstica y corriente, que concede en hacer lo que quiere el otro, como cenar pizzas congeladas y mirar películas de tiros. Pensaba que no había nacido con ese gen, eso decían mis novios anteriores. Que era fría, que pensaba nada más que en mí misma. Supongo que tenían razón o que quizás no los quise lo suficiente. Pero puede que no los haya querido lo suficiente como respuesta a una forma de quererme que mis exnovios compartían. En mi entendimiento particular del asunto fueron ellos los que no supieron quererme como necesitaba. Quizás quisieron la parte mía que va por delante: la simpatía, el ímpetu, el humor, que las cosas alrededor mío terminan pasando porque estoy siempre buscando la aventura. Pero con el tiempo todos pretendían que modificara ciertos hábitos. Parecían, al principio, cosas pequeñas. Que hablara todos los días una hora por teléfono con mi mejor amiga no era normal. Que si no prefería una minifalda de color naranja al pantalón negro ancho. Que bebiera menos. El gesto mudo con el que me inclinaban al silencio cuando me veían desbocada. Y a la mañana siguiente: Anoche te pasaste un poco. Formas de inculcarme la vergüenza.

Después de dejar mis datos y firmar las autorizaciones correspondientes, Emily me pregunta si hoy ingerí alcohol o alguna otra sustancia. Respondo que no, son las once de la mañana, Emily, cómo crees. Me pide inmediatamente después que, mientras ella prepara los tubos de ensayo para mis muestras, conteste unas preguntas en la computadora. Respondo que cuando bebo tomo un promedio de tres o cuatro cervezas, que por mes tomo alrededor de veinticuatro, que por año debo estar tomando trescientas. Veo el número que es el resultado de un cálculo simple, veinticuatro por doce y luego un redondeo para arriba porque tengo claro que muchas veces tomo más que un promedio de lo que tomo.

Las cosas que sí logro hacer por Ruy son formas de devolverle algo. Ruy no se espanta cuando tomo de más y grito y hago escándalos. Ruy también es alcohólico y toma de más y grita y hace escándalos. Nos toleramos en nuestros peores momentos y nos acompañamos en las resacas. Nos empezamos a acercar de forma más definitiva cuando además de compartir las borracheras empezamos a compartir las resacas. Es lo que tiene vivir en ciudades diferentes y estar juntos. Desde que vivimos uno lejos del otro, cada vez que nos vemos, convivimos temporadas más largas. Ya no se despierta para desayunar e irse a su casa, sino que después de comer un sándwich o tomar apenas un jugo si la noche estuvo intensa, nos volvemos a la cama a mirar una película abrazados. La tristeza de la resaca compartida es la mejor receta contra la resaca. Todas somos adictas a algo. Yo también soy adicta a Ruy. Al hecho de que no le voy a resultar menos atractiva porque gane más dinero que él. Le gusta que me vaya bien, que las cosas me salgan como las planeé, que sepa hacer dinero. Aunque yo no estoy ahora ganando mucho dinero. El que gana bien ahora es él, y lo comparte. Quiere comprar un pasaje para que vaya a verlo el próximo mes durante el descanso de una semana que tenemos en la universidad y se comprometió a pagar todo porque yo no tengo un peso. Todavía me lo estoy pensando, porque yo vine a Iowa a escribir y no quiero cortar este impulso. Además, me cuesta recibir dinero de mi novio. No le molestaba cuando la que tenía plata era yo, pero disfruta de cuidar de mí. Tengo que aprender a dejarme querer, pienso. Eso es lo que él dice. Quizás sí debería ir a México en noviembre. El alivio que le produce sacar la billetera y poder pagar la cuenta, no tener que revisar cuánto es y nada más entregar el efectivo o la tarjeta, a veces me conmueve.

Apunto en el formulario digital que aparece en la computadora de Emily que tengo una cardiopatía congénita, que nunca estuve presa por un incidente vinculado al alcohol, que a menudo me cuesta trabajo concentrarme en una conversación incluso si me están hablando de forma directa. Que no tengo problemas para dormir pero que sí que me distraigo mucho y de forma muy frecuente. Que definitivamente a veces no tengo hambre en absoluto y otras veces estoy famélica. Es decir, consigno la irregularidad de mi apetito. Que todos los días tomo un complejo vitamínico y como frutas y verduras. Que mi dieta, que no es ninguna dieta en particular, es variada y que la entiendo como saludable. Que a veces tengo fijaciones con cosas específicas de las que me lleva días despegar, que me obsesiono con nimiedades. Que soy capaz de saltar de la cama después de apagar la luz a chequear que efectivamente apagué, hace horas, todas las hornallas de la estufa o prender la computadora para buscar la etimología de la palabra twerk.

Cuando Ruy se va, después de pasar algún tiempo juntos, siempre deja pequeños trazos de su presencia en mi casa y en mi vida. Como las patas de gallo que me aparecieron alrededor de los ojos después de cumplir treinta y cinco años o la marca que deja un vaso con cerveza helada sobre la madera. Bachas de cigarro con sus filtros de cartón. Una botella de alguna bebida isotónica a medias que quedó en la heladera como testimonio de una resaca compartida. La música que escuchó mientras estuvo conmigo se queda, se hace lugar en mi playlist. De ahí saqué «Diez pasos hacia ti» y después la idea para los *Doce pasos hacia mí*, el ensayo que me quedó corto y que desató la intención de armar una lista de escritoras que, en mi lengua, hayan sondeado en sus escrituras el asunto de su propio alcoholismo. Ya no puedo rastrear dónde empieza mi selección de música y dónde la de mi novio. Como una pareja que comparte la misma casa hace años y ya no puede identificar qué libros son de cada quien. Después de cierto tiempo, yendo y viniendo, el soundtrack de mi vida es el resultado de una mezcla que se renueva y crece cada vez que estamos juntos: Peso Pluma, Carin León, James Blake, Natanael Cano, Cake, Daniel, Me Estás Matando. Es lindo y es triste al mismo tiempo.

Sobre la computadora de Emily, apunto también que soy una persona que tiende a perder la paciencia. Que puedo sacar a una persona de mi vida, perder el interés total y completamente si, por ejemplo, quedamos en encontrarnos y me hace esperar más de diez minutos. Que tiendo a sufrir cambios súbitos de humor que en ocasiones derivan en arranques de ira. Que la única vez que me desmayé, había estado bebiendo. Que una de las dos veces que tuve un ataque de ansiedad, había estado bebiendo. Que no siempre puedo identificar por qué estoy triste, y estoy triste a menudo.

Lleno un tarrito con mi saliva, Emily me pincha el brazo izquierdo y llena cinco tubos de ensayo con mi sangre. Setenta y cinco dólares es poco dinero para la cantidad de sangre que le acabo de brindar a este experimento. Trescientas cervezas son muchas cervezas. Trescientas cervezas son cuando menos novecientos dólares. Un pasaje a Argentina.

Septiembre, 2022

Gracias a dios no soy de esas borrachas que pierden los papeles. Puede que haga escándalos, que grite mucho y me haga notar, que diga pavadas en voz alta solo para convocar la atención de los que tengo alrededor, pero aprendí a protegerme de la lástima ajena. Hacer papelones, no me gusta y lo evito. Si me veo desencajada o todo me da vueltas, me regulo. Bebo agua o como algo. Si no logro retomar el control, me retiro o me escondo. Siempre hay un punto ciego, un lugar oscuro sobre el cual replegarse. En el corazón de la fiesta nadie o casi nadie está prestando atención. Así ciertas rendijas de mi hábito permanecen ocultas. Me sé cuidar, funciono. Me lo repito porque es importante que me lo crea. Pero que yo dude de lo evidente no lo hace menos verdadero. Me sé cuidar, funciono. Estoy acostumbrada, por defecto, a dudar de todo. Son las seis y media de la mañana y se me parte la cabeza, tengo una resaca que parecen dos. Escribe Natalia Carrero en *Otra:* «Este vicio que consiste en alcanzar a partir de unos tragos cierta descomposición psíquica y anímica implica ciertos riesgos». Está en lo cierto, pienso. «Se corre el riesgo de evidenciarse demasiado y echarlo todo a perder». No me voy a poder volver a dormir, estoy segura. Si me digo a mí misma que sí y pido la tercera cerveza de la noche, ya sé, no voy a poder dormir más de cuatro o cinco horas. Siempre es una decisión difícil, frente al deseo de seguir bebiendo, decir me planto acá, no quiero sufrir mañana. Pero la verdad es que ya casi nunca paro a la segunda cerveza. Otra de Natalia: «Tomo otro poco mientras me justifico para mis adentros, mis ancestros también: es un medicamento». Casi siempre me despierto al día siguiente con un agujero en el cerebro y el ánimo por el piso.

Hubo un tiempo, cuando vivía en Buenos Aires, en el que mis amigas y yo tomábamos mucho. Hay muchos tiempos en mi vida en que he tomado mucho. Pero recuerdo especialmente esos años en Buenos Aires en donde con mis amigas tomábamos mucho. Lo recuerdo porque en un momento empecé a preocuparme de lo mucho que tomábamos, como cada vez que salíamos terminábamos armando algún pequeño desastre que siempre logramos controlar a tiempo. Emeve se despertó una mañana con una pierna quebrada, sin saber cómo o cuándo se la había quebrado. Estuvo con muletas varios meses. Olivia se desarmaba, se dormía o se caía de la silla, se tiraba contra los hombres buscando un cuerpo. Luciana que, como yo, aguantaba más y mejor el trago, a veces se enredaba en accesos de llanto espantosos, gritaba, se tiraba al suelo y balbuceaba en brasilero, su lengua nativa. Supongo también que elijo recordar lo que me conviene.

Me levanto de la cama y siento el mareo. El principio de la náusea que va a acompañarme un par de horas. Si no vomité anoche, hoy tampoco. Conozco la resaca como conozco las calles de mi pueblo o la esquina de mi casa. Tengo la temperatura corporal desencajada. Frío y calor, todo junto y al mismo tiempo. Voy al baño y saco del botiquín el bote con ibuprofeno. Lo llevo al cuarto, separo tres pastillas de 200 miligramos cada una y me las trago. Dejo sobre el escritorio el botecito simpático y cómodo que compré en el CVS. Estoy tomando 600 miligramos de ibuprofeno cada dos días, parece un sinsentido tenerlo guardado. Me acostumbré a tomarlo apenas abro los ojos a la resaca, incluso si me voy a volver a la cama. Últimamente me duele la cabeza seguido. Aun sin resaca, parece que el punto del cerebro donde se me acomoda el alcohol estuviera demasiado sensible, expuesto, propenso al dolor ante el más mínimo estímulo. Gracias a dios en Estados Unidos venden el ibuprofeno en botecitos con cien pastillas que me previenen de estar yendo constantemente a la farmacia. Vuelvo a la cama, me envuelvo en las sábanas, intento dormir. Sé que se me van a cerrar los ojos de cansancio después de comer algo fuerte, pero no tengo nada parecido al hambre dentro mío. No tengo además fuerza para levantarme y hacerme un sándwich o unos chilaquiles. Si pudiera comer, aceleraría la llegada del alivio. Si pudiera armarme un desayuno poderoso y devorarlo, me sentiría mejor en pocos minutos. Pero ya he probado todo, todas las variaciones de la rutina de la resaca, y lo único que funciona es dejar pasar el tiempo o pasarla acompañada. Quisiera poder decirles a mis amigas: Chicas vamos a almorzar a una parrilla, salgamos de este pantano todas juntas. Pero mis amigas están lejos, y en

Iowa City no hay parrillas. Después de poder comer, por la tarde recién, voy a tener que luchar para no desmayarme de sueño, pero ahora me tiemblan un poco las manos, siento la cara irritada, estoy inquieta y no puedo dormir ni parar de pensar. Hasta la suavidad de las sábanas, la comodidad de mi propia cama, me fastidia.

Cuando todavía vivía en Buenos Aires, en ese tiempo en el que mis amigas y yo nos emborrachábamos mucho, una vez tomé tanto whisky sour que cuando llegué a mi casa me caí en la bañera y casi me mato. Al día siguiente, sentada en el escritorio en el que trabajaba todos los días, no me podía mantener erguida. Estuve a punto de abandonar ahí mismo, hablar con mi jefa y decirle: Tengo resaca, no puedo más, me voy a mi casa. En cambio, iba y venía al baño de la oficina cada quince minutos a mirarme la espalda y los brazos llenos de moretones que no sabía cómo me había hecho. Me tiraba agua en la cara, intentando aguantar hasta cumplir mi horario y devolverme a mi cuarto a descansar. Otra vez fundí el auto de Emeve manejando totalmente ebria. No sé qué fue lo que hice, pero de repente empezó a salir del capó un humo blanco espeso y el auto se detuvo. Manejaba yo porque Emeve estaba peor y nosotras la habíamos dejado irse en ese estado con un tipo que no era un desconocido pero que tampoco era confiable. Mientras con Luciana intentábamos maniobrar para dejar el auto estacionado, un pibe que pasaba por ahí en su propio auto nos ayudó y nos llevó a dormir. Al día siguiente fuimos todas juntas a buscar el coche con una grúa. Una noche me quise atar el pelo mientras tomaba vodka con Sprite en un antro sobre la calle Juan B. Justo, creo que estaba sola o si no estaba sola, la gente con la que había ido ya se había dispersado. Como no encontré contra qué apoyar el vaso lo mordí para liberar las manos y me intenté anudar las mechas largas con una gomita. Mientras juntaba el pelo con las manos y el vaso en la boca, el vidrio se partió y todavía si me concentro puedo sentir los pedazos de cristal diminutos sobre la lengua. Recuerdo esto, sobre todo, porque en ese momento estaba segura de que no estaba borracha. Pero cuando levanté la vista, desencajada, mientras todavía escupía pedazos de vidrio, un chico que estaba por ahí y había visto lo que había pasado se acercó. No recuerdo si me ofreció ayuda o si preguntó si estaba bien, pero sí que me dijo: Mamita vos sí que estás re loca.

Instantes de ayer, reflejos de luz en medio de la noche. Hago un repaso de lo que dije y lo que hice. No es grave, nunca es del todo grave, pero siempre encuentro una pequeña cosa, alguna pavada que me pincha. Sé que fuimos primero a una cata de vinos en John's. Hoy es un supermercado bastante surtido, pero su especialidad, su marca registrada, es el dispendio de alcohol. Tienen de todo, vinos de todo el mundo, cientos de marcas de las diferentes bebidas blancas, una heladera del tamaño de mi cuarto repleta de packs de cerveza helada. Son famosas, aquí en Iowa City, las anécdotas de John Cheever y Raymond Carver esperando en las mañanas a que John's abriera para comprar galones de whisky. Después de probar las variantes de unos vinos argentinos que conozco de memoria, cerramos la cata con unos caballitos de mezcal. Sé que después nos cruzamos al George's. Que empezamos tomando en el salón interior y que cuando se liberó una mesa en el patio nos pasamos al aire libre. Sé que dije una estupidez sobre Reinaldo Arenas y que alguien se dio cuenta que lo que decía era una estupidez. A veces la gente se da cuenta que digo burradas. Digo muchas burradas y todo el tiempo, pero pasa poco que la gente lo note y me exponga. A partir de ahí el asunto se me puso un tanto espeso. Siempre tengo miedo cuando llego a un lugar nuevo, cuando toca hacer nuevos amigos, de no encajar, de irme de mambo, que se me noten las cosas que yo sé de mí, que no me gustan e intento esconder. Así que me quedé callada mucho rato, intentando blindar con silencio la parte mía que acababa de revelar al resto, sin decidirme a participar de ninguna conversación, intentando así corregir el error de cálculo. Totalmente convencida que todos alrededor estaban al tanto de la verdad. Que no soy tan inteligente, mucho menos brillante, y que me la paso jugando a la canasta por internet cuando digo que estoy escribiendo. Por qué tuve que decir esa pavada sobre Reinaldo Arenas. Me tapo la cara con la almohada, ahogo el intento de un grito, doy otra vuelta sobre mí misma. Qué exagerada soy, pienso. A quién le importa si dije una pavada.

Supongo que todas, mis amigas de Buenos Aires y yo, estábamos buscando algo o intentando callar algo y nos acompañábamos como mejor podíamos. Hablábamos mucho, pasábamos todo nuestro tiempo libre juntas, pero aun así nos guardábamos algunos secretos. Grietas de pensamiento o cosas que habíamos hecho de las que no estábamos orgullosas. Nos escondíamos pedazos de lo que éramos también entre nosotras. Tuvimos grandes momentos de luz y alegría. Asados en la casa del country de Emeve, todo el día tomando cerveza al sol al borde de la pileta. Bajarnos con Luciana dos botellas de vino un martes en mi departamento y descubrir de repente que el vino se terminaba y nosotras no estábamos listas para parar o para dormir. Salir a la calle en medio del invierno, en piyama, caminar varias cuadras hasta dar con algún kiosco abierto que accediera a vendernos una botella más. Volvernos a la casa, abrir el vino, servirnos otra copa, terminar cantando a los gritos canciones de Shakira antes de desmayarnos con las lenguas teñidas de bordó en la cama, una al lado de la otra. Bailar el adagio latino en casa de Olivia, cuando yo ya vivía en Barcelona, la primera vez que volví de visita a Argentina. Todo regado de risas y festejos, brindis que no tenían motivo y no terminaban nunca. Fue la hermana de Olivia, Carina, la que un día nos dijo: Ustedes cuatro es increíble cómo se festejan sus propias pavadas. Era gracioso porque era cierto.

Agarro el teléfono, me pongo a mirar reels de Instagram, uno detrás del otro. A veces varias veces el mismo, sobre todo los que están en inglés para poder entender los chistes. El porcentaje de batería disminuye con cada video. Tengo que cambiar el teléfono, la pantalla está hecha pedazos y la batería ya no aguanta ni siquiera medio día. Quizás cuando cobre los informes de lectura que vengo haciendo o me devuelvan el dinero de rentas en España o Estados Unidos me pueda comprar uno nuevo. El algoritmo me conoce mejor que nadie. Siempre sabe qué recomendarme, siempre me está hablando del consumo problemático de alcohol. Quizás debería hacer una carpeta con todos los memes y reels sobre ser borracha que tengo en los diferentes chats de Instagram. Ruy siempre me está mandando alguno. Le dije que quiero dejar de ser alcohólica, que esos chistes ya no tienen gracia. Otra vez *Otra*: «Una alucinación cada vez más presente: beber menos o sin perder el control. Cada temporada un poco menos, o no necesariamente menos sino mejor: más calidad, menos cantidad, más reconciliación, menor rencor. No sé si podré». Yo leo a Natalia Carrero, internet me lee a mí. Encuentro diez memes y reels sobre el consumo problemático de alcohol por cada libro sobre el tema. Claro que hacer memes es más fácil y más rápido que escribir un libro. Instagram también es una literatura menor. El tema aparece casi siempre en lengua inglesa, como pasa con los libros. Me pregunto por qué. Pienso que quizás, como dice Luis Chaves en *Vamos a tocar el agua*, en América Latina estamos de rodillas, sometidos por el pudor. Que hay ciertos temas que, en español, es todavía más complicado abordar. Quizás sea que la iglesia católica apostólica romana nos está respirando en la nuca desde siempre. Que España es todavía una monarquía. Que en la Ciudad de México hay dos iglesias por cuadra. Que el resultado de haber aprendido la lengua del Reino de España es la vergüenza.

Me gusta pensar que era yo la que, por entonces, podía vernos desde arriba y decir: Chicas, hay que parar un poco. Por ese entonces abandoné de forma definitiva los alcoholes fuertes y me pegué a la cerveza. Una medida que pudiera controlar, que no se me fuera de las manos. Por algún tiempo incluso dejé de beber del todo, hacía yoga casi todos los días y corría tres veces por semana. Recuerdo conversaciones precisas en las que les dije a cada una de mis amigas que estaban teniendo problemas con el alcohol, que había que tomar menos, que no hacía falta ponerse tan en pedo. Que se podía disfrutar igual y podíamos ser memorables igual si le bajábamos dos rayitas al escabio. Desde donde lo estaba viendo yo me alzaba como una especie de faro moral que podía tomar distancia, intuía dónde iba a desembocar el desastre que estábamos cultivando.

Me levanto de nuevo, el cuerpo se empieza a serenar. Ya no tengo tan desajustada la temperatura y esta vez no me mareé con el impulso de ponerme de pie. Voy hasta mi escritorio y revuelvo entre los apuntes que intento ordenar todas las semanas, pero que igual se me atraviesan y mezclan. Reviso atados de fotocopias que tengo desparramados por el cuarto, sobre el escritorio, el mueble, la mesa del living, hasta que encuentro las que tengo que leer para la clase del jueves. El *Códice Florentino*, escrito originalmente en náhuatl, llega hasta mí traducido al español y al inglés. Es más fácil seguir el hilo en inglés. El español del siglo XVI es otra lengua extranjera. La semana pasada leí *Los anales de Tlatelolco* traducidos también al inglés desde lengua indígena. Tuve un reflejo de rabia. Por qué tenemos que leerlos en inglés, no está esto acaso traducido al español. Pero luego lo pensé mejor. Ahí por ejemplo tuve la intuición de revisar mi instinto antes de decir una pavada. La estructura de la lengua española es tan ajena al náhuatl como el inglés. El español es de todos modos otra lengua colonizadora. Leerlos en inglés es incluso menos indigno que leerlos en la lengua que hizo el intento de borrar el náhuatl de la faz de la tierra y casi lo consigue. Quizás es hasta mejor que yo no encuentre una patria alcohólica que no pueda poner en claro todavía un equipo de mujeres definitivo que, en las lenguas múltiples que brotan como variaciones del español colonizador, hayan dejado por escrito algo en relación con el hábito de beber. Otra vez *Otra*: «El mundo como gran borrachera. Qué mujer de la historia ninguneada echó lúpulo al fermento como genial ocurrencia y saboreó la primera cerveza sin amargor, gran inauguración en la bóveda del paladar». No voy más profundo, tengo la resaca todavía atravesada en el medio de los ojos, leo algunos párrafos de la introducción y abandono las páginas al costado de la cama. No me repongo de mi flash de vergüenza por haber dicho una pavada sobre Reinaldo Arenas. Algo sobre las locas latinoamericanas, un reflejo de mi propia experiencia de lectura que intenté generalizar. Arenas fue un narrador muy grande para adherirlo a una etiqueta fuera de su tiempo. No porque no haya valor literario en la escritura de las locas. Pero las categorías que podemos aplicar hoy a las escrituras de Arenas, Lemebel o Puig son un intento contemporáneo de asimilar algo fuera de su época. No me repongo pero me detengo, trazo un límite. Pido perdón, de forma interna, como si estuviera rezando, por faltarle el respeto a Reinaldo, y descanso del asunto. Tampoco es para tanto.

Mis amigas, todas sin excepción, se acomodaron, hicieron cambios estructurales, salieron a perseguir lo que deseaban. No porque yo marcara que estábamos haciendo cualquiera, que tomábamos mucho, sino porque en algún momento el espíritu que en conjunto podíamos congregar y que nos definía empezó a perder brillo. No era suficiente, ya no era suficiente, y lo que habíamos consagrado entre las cuatro, borrachas y eufóricas, dueñas de la ciudad de Buenos Aires, con nuestros trabajos influyentes y las vacaciones de cuarenta días en países exóticos, terminó por desarmarse. Con diferentes métodos y estrategias, cada una fue detrás de lo que añoraba con convicción, hasta que lo encontró. Antes de que yo me fuera de Argentina, empezamos a separarnos de lo que compartíamos. Pero las primeras veces que volví de visita todavía quedaba algo de todo eso en pie. Quizás me fui también un poco por eso. Intuía lo que estaba por venir: que me iba a quedar sola de este lado de la barra y, como un mecanismo de defensa, partí antes de convertirme en la última persona en abandonar el bar. Pero cuando me fui de Argentina yo no tomaba mucho. Había logrado domar esa parte mía.

Cuando ya estábamos en la terraza trasera de George's, se nos sentaron a la mesa unos gringos que estaban ofreciendo pagarnos los tragos, así que me pedí otra cerveza. Invitaron también varias rondas de shots de tequila. Lo recuerdo porque me acerqué a la moza, preocupada por el resultado de la cuenta. Llevábamos horas bebiendo y nadie de nosotros tiene plata para andar invitando a alcoholes fuertes de los que podríamos prescindir perfectamente. La moza me aseguró que tenía la tarjeta del tipo y que todo lo que nos estaban trayendo iba apuntado a su cuenta. Así que apuré mi vaso, al que todavía le quedaba un tranco, y encargué otra birra. Cuando después de los brindis y los chistes y las conversaciones sin sentido los gringos nos invitaron a fumar cristal a la vuelta, pagamos lo que debíamos y nos fuimos. Compramos más cervezas en John's. Caminamos tomando por la calle arrastrando nuestras bicicletas. Alguien gritaba que nos comportáramos, que nos iba a caer la policía, que mejor escondiéramos esa lata, que su casa estaba cerca y que ahí podríamos seguir tranquilamente con la fiesta. Yo dije: Tranquilidad, somos latinos pero somos blancos. Nos reímos. En ese momento nos pareció gracioso.

Mis amigas fueron forjando sus propios caminos, dejaron de tomar tanto o dejaron de tomar del todo, se casaron y tuvieron hijos. Tampoco es que yo esté aferrada a una botella de whisky; no desperdicié mi vida. Armé un camino alternativo y me llevó más tiempo. Tuve que negociar con fantasmas distintos. Pero me pienso a mí misma entonces diciendo: Chicas, nos estamos pasando, no nos pasemos, y lo que veo es la propuesta de una estrategia que aseguraba la continuidad. Moderar la ingesta de alcohol para perpetuarla. No perder la patria, asegurar la pertenencia. Yo volví a tomar mucho desde entonces, varias veces. No puedo evitar pensar que hoy, que yo me despierto con resaca a las seis y media de la mañana y se me parte la cabeza, mis amigas, cada una por su lado, están en un espacio más luminoso. Las imagino abriendo los ojos en sus camas de sábanas blancas, la luz del sol colándose por las ventanas gigantes que son marca registrada de Buenos Aires, Argentina, experimentando una ternura profunda por sus compañeros de vida, abrazada a sus hijos, que se cuelan en sus camas para despertarlas.

Mañana quisiera amanecer temprano y trabajar bien. Hacerme el mate antes de las siete de la mañana y sentarme en la computadora a escribir. Hoy, ya sé, no voy a ser capaz de hacer nada. No importa cuántas veces lo intente. Le mando un meme a Ruy, pero no responde. Ni siquiera pone un corazón en el chat. Entonces como para empeorar mi ansiedad y el malestar que se me derrama por el cuerpo y la cabeza, le mando un mensaje. Tampoco responde. Es un reflejo oscuro, algo que me quedó de tiempos pasados, cuando era más chica y exigía atención a cualquier precio y todo el tiempo. He mejorado, pero a veces vuelve, se sienta a la mesa, se hace lugar. Empeorar, buscar lo que me va a hacer sentir peor, ir más a fondo con el asunto de avergonzarse para forzarle el brazo a la culpa y al autodesprecio. Como para darme la oportunidad de enfrentarlo. *Otra*, y es la última: «Salvo contadas excepciones, la mayoría de las mujeres de mi humilde investigación desconocen las redes sociales, no me refiero nada más a las virtuales. Fallan en lo relacional, apenas pueden mantener amistades. Solitarias hasta la médula, no frecuentan la plaza, la calle, el barrio. Prefieren el dormitorio, la cocina, el rincón secreto de su casa donde creen practicar una supuesta libertad que, sin embargo, en el fondo, es la cansina condena cíclica que la bebida impone. *Gluglú*». A veces con las cosas que hacemos para oscurecernos estamos en definitiva queriendo ser más claras. Pienso en si ya es momento de levantarme y comer, tratar de hacer algo con mi vida. Paso de la náusea al hambre muy rápido, pero mi cuerpo no reacciona a la necesidad, no tengo fuerza, así que gobierno el hambre, lo relego a un segundo plano y me acomodo de nuevo entre las sábanas y el silencio de mi cuarto. A veces pasa por la calle un auto o alguna persona caminando por la vereda. Muy pocos autos, muy poca gente. Iowa City es un despropósito de espacio suelto y desperdiciado. No importa cuántas resacas haya pasado: el impulso de intentar hacer algo productivo en este tiempo muerto no cede. Pero he logrado arraigar la conciencia de que hoy no sirve, que el impulso no alcanza; podría intentar mil cosas, pero nada va a funcionar. Si continúo intentando saltarme este estado en pausa, salvarme de este tiempo incapaz, voy a fracasar y me voy a sentir todavía peor. Como resultado, no me engaño y cultivo el descanso. Todas somos adictas a algo. Agarro de nuevo el teléfono.

Una extraña cosas raras cuando se va. En *Martín (Hache)*, la película de Aristarain de los noventa, el personaje de Federico Luppi dice que de Argentina extraña la gente silbando en la calle. Yo extraño los ambientes diáfanos, la amplitud, las ventanas gigantes para que a las casas entre la luz todo el tiempo. Extraño la luz del sol entrando a mi casa por una ventana gigante. Imagino que mis amigas no están tristes porque amanecen al borde de la luz todo el año, el sol fulgente sobre el cielo aún en invierno, el frío razonable y el horizonte abierto. No se sienten tristes, quizás porque el peso de la rutina de madre no deja espacio para cavilaciones de este tipo. O quizás simplemente son felices de un modo más definitivo porque no beben como bebo yo, y no se despiertan a las fisuras de su propia vida como yo cada vez que amanezco con resaca.

David Foster Wallace dice en *Esto es agua*: «En las trincheras del día a día de la vida adulta, el ateísmo no existe. No existe el hecho de no adorar nada. Todo el mundo adora algo. La única elección que tenemos es qué adoramos». El verbo en inglés que Foster Wallace elige es worship y aquí no hay truco: worship quiere decir literalmente adorar. Un ejercicio más simple que el que estoy intentando consagrar aquí podría concluir con que lo que yo adoro es la cerveza, el estado alcohólico, sobre todo cuando comienza, esa alegría trepidante que me embarga la conciencia y me entrega una versión de mí disociada, anclada al mundo, pero más liviana. Me vuelve a la cabeza María Moreno, el amor que profesa por el alcohol, el objeto que adora. Es cierto, yo adoro la cerveza. Soy adicta. Adicta a lo que hace por mí cuando hace por mí lo que tiene que hacer. Pero Foster Wallace no se detuvo ahí, siguió escribiendo, y lo que dice después es lo que de verdad me importa de lo que escribe en *Esto es agua*: «Prácticamente cualquier otra cosa que te pongas a adorar te va a comer vivo».

No cede la angustia que me produce no poder hacer nada útil durante el tiempo de la resaca. Me repito que busco la resaca como los girasoles buscan la luz. Que aun cuando no pueda metabolizarla del todo mientras sucede hay una especie de claridad que para mí se abre en este estado de incapacidad. Mejor apostar por mañana. Aguantar el día sin castigarme tanto y dormir temprano para alcanzar la claridad de una nueva mañana abierta. Voy a la cocina, abro la heladera, saco las tortillas y el queso. Voy a hacer unas quesadillas y cortar algo de fruta.

En la casa a la que llegamos después de cruzar las calles aferrados a nuestras latas abiertas contra el sentido común, no podía encontrar en la heladera las cervezas que habíamos comprado. Daba vueltas frente al frigorífico buscándolas mientras mis amigos bailaban en el living y hacían crujir con sus saltos el piso de madera. Alguien me indicó que las latas que todavía quedaban sin abrir estaban sobre la mesada. Con cara de espanto, el dueño de casa parecía no entender por qué una desconocida estaba enterrando la cabeza en su heladera. Quise pedir disculpas y hacer un chiste, pero el inglés me salió torpe, palabras sueltas que no terminaban de estructurar una frase coherente. Señalé un vaso vacío, pidiendo permiso en lenguaje de señas para servirme agua. Me aferré con una mano al vaso con agua y con la otra a una lata de cerveza, buscando la tierra, el equilibrio. La imagen de mí que se proyectaba sobre esa cocina no era graciosa, más bien patética, o eso podía adivinar yo, en el estado en el que me encontraba, en la forma en la que el chico me estaba mirando. Con pena y algo de bronca.

Todas somos adictas a algo. Yo estoy de rodillas y quiero vivir sin obligaciones y arrodillada. Soy adicta a la cerveza, pero sobre todo soy adicta a revisarme en la culpa, a anularme en este estado en el que me encuentro. Soy adicta a la resaca. A apagar la tele, a cerrar las ventanas, a que no me encuentre la luz. A no hacer nada, a no sentir la obligación de estar haciendo algo. A bajarme del mundo, no responder los mensajes, no ser coherente ni atenta. Adicta al malhumor y la incapacidad, a la libertad de ser un poco peor. Soy adicta a pelear contra el impulso de producir valor. Adicta a detenerme. A ponerme en pausa. Aquí no me parece mala idea que el lugar desde donde escribo se circunscriba a mi alcoholismo. Una identidad monstruo, pero en definitiva, una forma de la identidad.

Me di cuenta, mientras atravesaba la distancia corta de la cocina a la pista de baile que habíamos improvisado, que estaba muy borracha. Que apenas podía quedarme quieta en el mismo sitio, que si paraba de bailar me tambaleaba. Que corría el riesgo de caerme y hacer papelones. Que si la seguía quizás no iba a poder llegar indemne a mi cama. Estaba a punto de perder los papeles. Salí corriendo, ni siquiera me despedí. Levanté la bicicleta que había dejado tirada en el porche y pedaleé por las calles oscuras, con la mirada nublada, a toda velocidad, hasta mi casa. *Gluglú.*

Agosto, 2022

Ponemos un pie en la terminal de Sants y ya estamos exhaustos. Los últimos días en Madrid, la ciudad que acabo de abandonar y en la que viví dos años, fueron memorables y agotadores. Y ahora estamos acá, depositados en la terminal de trenes de Barcelona, la ciudad en la que vivimos hace tiempo, por años, donde nos conocimos, nos enamoramos y nos emborrachamos. Nos miramos los pies mientras fumamos un cigarro, agobiados por el calor y la humedad, hablamos poco y lento, intentando ponernos de acuerdo sobre el curso de acción de lo que todavía nos queda por delante, lo que está por venir, lo que empieza ahora. Esta ciudad, que odio y que abandoné hace dos años para instalarme en Madrid, sigue igual. Todo está donde lo dejamos. Vinimos a Barcelona porque no nos quedaba más remedio, pero también porque nos pareció que volver juntos para despedirnos saldaba algunas de las cuentas pendientes que flotan en nuestra pareja. Una especie de revancha con la ciudad de la que huimos porque sentíamos, cada uno por su lado, que nos estaba encarcelando. Yo limpio los anteojos de sol y deposito mi mochila en el suelo mientras Ruy me dice que espere tantito que va a por tabaco.

Ayer en Madrid lloré mientras terminaba de bajar de mi casa las cosas que ningún amigo o conocido quiso, nos abrimos las dos últimas latas de cerveza, armamos la cama en el sillón del living y cogimos con las ventanas abiertas y la luz apagada. Salimos rumbo a Atocha a las cinco y media de la mañana y bajamos a la basura las almohadas, las sábanas y el cubrecama con el que dormí todos estos años. La casa se merecía una despedida memorable. Se la dimos. Estos días en Barcelona son mis vacaciones. Los veinte días que me quedan antes de tomar mi vuelo a Chicago. Aunque hace dos semanas que estoy mentalmente de vacaciones. No sé cómo lo hice. Cómo desarmé el departamento entero y fui a trabajar en el medio de una fiesta de despedida que siento que duró años. Saqué mi pasaje hace meses para volar desde Barcelona porque era más mucho más barato que volar desde Madrid, pero también porque quería asegurarme una última zambullida en el mar antes de irme a vivir a cientos de kilómetros de la playa más cercana. Ruy quiere tomar un taxi hasta la casa en la que nos vamos a quedar, pero yo insisto. No somos ricos, no importa cuán cansados estemos, así que en este tranco lento en el que andamos, avanzamos hacia el metro bajo el rayo del sol de la mañana, vamos hasta la línea verde, dirección Trinitat Nova y nos bajamos en Liceu. De ahí caminamos hasta el Raval.

Se quedaron en Madrid las toallas, los marcos de las láminas, la última de las bibliotecas que compré cuando los estantes que el departamento tenía amurados ya no fueron suficientes para contener todos mis libros, el abrigo de invierno que me regaló mi mamá en un viaje a Estambul, colgado de una percha en el andamio que usan los obreros todos los días, hace meses, para arreglar la fachada del edificio. Todo amontonado al borde de la calle. Juntando mugre, abandonado, como si no fueran las cosas con las que vivía, como si no valieran nada. Es todo lo que tengo y aquí lo dejo. Nada de todo eso me interesa ni puede retenerme. Algunas cosas se fueron rápido, como mi iPhone viejo, el limonero y mis botas negras de caña alta. Todo lo demás todavía espera sobre la porción minúscula de vereda de la calle Amparo a que alguien lo elija para sí y se lo lleve a un nuevo destino. Dejé mi trabajo después de cuatro años y las llaves de la que fue mi casa dentro del departamento. Los quinientos libros que tengo ahora duermen en un trastero de alquiler, quién sabe dónde. Elegí cinco que me parecieron los más valiosos o pertinentes: *Bluets*, de Maggie Nelson, porque quizás algún día me decida a terminar la traducción que empecé en la pandemia; *Jesus' son*, de Dennis Johnson, porque Johnson es el hijo pródigo de Iowa City; *El día feliz de Charlie Feiling*, de Bizzio y Guebel, porque María Moreno habla de Feiling en *Black out*; *Nueva escritura en Latinoamérica*, de Héctor Libertella, porque es una primera edición carísima, y *El libro vacío*, de Josefina Vicens, que es el único regalo que me hizo Ruy en todo el tiempo que llevamos juntos. Esos vienen conmigo. Las cajas con los demás ejemplares pasaron a buscarlas dos días antes que nos fuéramos. Ruy se ocupó de todo: los sacó de las repisas, armó las cajas, los embaló y cubrió todo con papel film como mandaba la indicación de la empresa de transporte. Tengo un papel rosa como constancia de haberlos entregado, una dirección de email y un teléfono para el día en que decida reclamarlos. Todo lo que me queda está camino a Iowa City en dos maletas de quince kilos que despaché a través de un servicio de courier aéreo. Todavía no tengo casa en Iowa, pero encontré dónde quedarme llegando. Una chica que está de viaje necesita que alguien le cuide la casa y el gato unos días. Eso me da un lugar donde llegar a dormir después del viaje maratón, pero también tiempo para acomodarme en destino. Desde que me sumaron a la lista de correo del Workshop de Iowa, formado por gente que está y estuvo en los diferentes programas de escritura creativa de la universidad, las cosas empiezan a aclararse. Di con la llave que abre la puerta. Hay futuro. Me voy del todo, pienso, y no creo que vuelva nunca.

La casa de mi amiga Maggie, que queda en la parte alta del Raval, cerca de plaça Universitat, está en orden, limpia y refrigerada. Después de los cuarenta y tres grados de Madrid, de todos modos, los treinta de Barcelona se sienten como un remanso. Lo que me resulta imprescindible y viaja conmigo en un carry on de diez kilos, y la mochila de mano con mi laptop. En su momento, barajamos la posibilidad de irnos a Canarias, a Valencia, a Mallorca, pero no podíamos pagar hospedaje. Necesito el dinero que me queda para ponerme de pie cuando llegue a Iowa. Pagar el depósito de una casa que todavía no encuentro, comprar una cama, algunos muebles y un par de ollas y sartenes con las que prepararme la comida. Maggie está de viaje y nos podía dejar su casa, así que elegimos Barcelona, el mal menor. De todos modos, desde aquí parte mi vuelo y hay playa. Llegamos al departamento de mi amiga y vamos directamente a la cama. Nos servimos dos botellas gigantes de agua con hielo, bajamos la temperatura del aire y nos acostamos a dormir.

Hace unas semanas, Ruy perdió el vuelo que lo llevaba a Cancún y, en consecuencia, también el vuelo que lo iba a traer a Madrid. Si eso hubiese pasado en cualquier otro momento de su vida, no nos hubiésemos visto. Los planes que habíamos figurado a la distancia no hubiesen tenido lugar, todo se habría desarmado. Yo no habría contado con su ayuda y su compañía para desarmar Madrid y cruzar el agua hasta el nuevo destino. Pero como ahora tiene un buen trabajo y sueldo, sacó otro pasaje y llegó solo con un día de retraso. También por eso tenemos menos dinero del que habíamos considerado en un principio. Ochocientos euros extras se fueron en un segundo pasaje que nos podríamos haber ahorrado. Cuando me contó que había perdido el avión me desesperé. Estaba tomando cerveza en el Parque del Retiro en el cumpleaños de un amigo cuando recibí su mensaje. En mi cabeza se desplegaron todos los fantasmas. Sola otra vez para cargar con mi vida y con mis cosas. Para desarmar la casa, ordenar mis libros, cargar mi cuerpo y mi equipaje por todos lados antes de tomarme el vuelo hasta el nuevo destino. Teníamos entradas para ver a C. Tangana dos días después de que llegara. En un ataque de odio y bronca llamé a una amiga y la invité a ir al recital conmigo, Ruy no llegaría a tiempo. Mi amiga me tranquilizó, me dijo que todo iba a salir bien, pero yo no la creí. Me aseguró que si él no llegaba entonces ella vendría conmigo, pero también insistió en que era solo un día, que Ruy estaría conmigo un día después de lo planeado. No le dije nada a él. Intenté compensar errores anteriores, quise estar serena al menos como fachada. Mientras caminaba con destino a mi casa después de salir del Retiro, con la batería del teléfono agotada, la borrachera diluyéndose y los nervios de punta, fui armando escenarios imaginarios. Pensando alternativas que solucionaran los agujeros que iban a generarse si él faltaba. Cuando cargué el teléfono y pudimos hablar me confirmó que había comprado un nuevo vuelo, que llegaría a tiempo, que todo estaba bien.

Ruy se despierta primero y enciende la luz del velador. El departamento de Maggie es un sarcófago fresco y en calma. Me desperezo y bebo agua, estoy cansada y quiero seguir durmiendo. Pero Ruy, que siempre se detiene más rato en la pereza y los mimos, se activa. Va hasta el living y abre las ventanas, deja que la luz entre, empieza a revolver la casa en busca de una heladerita y vasos de plástico. Tiene todo planeado. Ya me urge, me dice y entonces yo también salgo de la cama y del letargo y empiezo a poner orden. Pongo a cargar la batería de la bocina, agarro el teléfono y le mando mensajes a mis amigos de Barcelona: Vamos a tocar el agua. Nos ponemos las mallas y armamos un bolso con lo necesario, salimos por la puerta. Vamos caminando a la Barceloneta. En el camino compramos dos botellas de cava, jugo de naranja, hielo y algunas latas de cerveza. Manuela me pregunta qué lleva y le digo que birra. Oriol me pregunta qué lleva y le respondo que birra. El espacio de playa que queda entre la Barceloneta y

Bogatell estalla de gente, nos acomodamos mal y pronto en un cachito de arena y yo salgo corriendo al mar y me hundo. Ruy, desde la orilla, ordena las cosas dentro de la heladerita y después lo veo maniobrar con la bocina y el teléfono. Cuando regreso, aliviada del calor y con el pelo chorreando agua, siento la música perderse en el espacio abierto, pero igual alcanzo a reconocer los acordes de uno de nuestros himnos: «Quién dijo amigos si te conozco más desnuda que con ropa».

Nuestra vida es un enredo de tiempo y espacio. Es difícil seguirnos el ritmo porque además de movernos de forma constante, tomamos mucho. Vamos y venimos, en trenes y aviones, a veces buses, siempre en la tarifa más baja, casi siempre con resaca, de un continente a otro y de ciudad en ciudad. El día después de que Ruy llegó a Madrid, cuando salí de trabajar me esperaba con el almuerzo. Preparó milanesas con puré, uno de mis platos favoritos. No fileteó las pechugas ni ralló con sus manos el pan, compró los filetes ya empanados en el Lidl. La casa estaba impecable, los platos limpios y la ropa que dejé en la lavadora cuando me fui a trabajar tendida en el balcón. Dejamos correr el tiempo. Pasamos la tarde en calma. Cogimos lento, con cariño, y luego dormimos la siesta. Sabíamos que la noche iba a ser larga.

Manuela y Oriol llegan a la playa con un pack de seis cervezas cada uno. No entra todo en la heladera que trajimos, así que tomamos rápido. Las cervezas igual se calientan casi al instante. Hace demasiado calor, la humedad esta tarde en Barcelona es un monstruo blanco. Corre algo de viento y la cal se siente en el aire. La piel se nos empasta pero nos estamos emborrachando y con cada trago disminuye la conciencia que tenemos de nuestros cuerpos.

Días antes, en Madrid, salimos de mi casa a eso de las siete y tomamos el metro hacia la Caja Mágica. Antes de cruzar la entrada, paramos en un bar para ir al baño y tomar una cerveza. Había mucha gente y se escuchaba a lo lejos la música. No me obligaron a tirar la botella con agua cuando entramos, pero sí la tapa. Fuimos directo a las casetas donde nos cargaron con dinero nuestras pulseras de acceso y después a la barra. Nos pedimos una cerveza de medio litro cada uno y nos acercamos al escenario. Me puse seria. Tenía una deuda, pero le dije que no podía decirle que lo amo, que por más que le haya prometido decirle que lo amaba una vez que lo tuviera enfrente, que por más que nunca le haya dicho que lo amo a la cara, las palabras se me forman en la cabeza acartonadas, como si estuviéramos interpretando una escena cursi en una película mala de esas que miro cuando tengo resaca. Le dije en cambio que lo quiero y que espero que eso fuera suficiente, que la necesidad de decirle cosas de peso cuando está lejos se deshace cuando lo tengo al lado, aunque no es menos amor lo que siento; decirlo me parece menos importante que callarlo. Él me dijo que le pasa lo mismo, que no sabe decirme que me ama a menos que se le escape. Que no puede poner en palabras los sentimientos porque se le transforman en algo gomoso, que no es exactamente lo que quiere decir, sino que algo que responde a una forma ajena y vacía, igual a lo que se dice todo el mundo. Y nosotros no somos como todo el mundo, somos distintos y únicos y lo que sentimos el uno por el otro no tiene nombre y entonces mientras esperábamos juntos para ver a C. Tangana no nos hicieron falta las palabras para nombrar lo que nos une, porque lo que somos y lo que fuimos está entre nosotros y casi se deja tocar y así es más lindo y más importante.

Cuando nos cansamos de la danza de la cerveza y el agua, del ir y venir al mar para refrescarnos o hacer pis nos vamos caminando hasta el Raval. Nos sentamos en el Foni, uno de mis restaurantes favoritos. Se suman más amigos. De Ruy y míos, nuestros. Somos un grupo de gente riendo, despreocupados y livianos. Lo que siempre quisimos ser en Barcelona: turistas. Ruy y yo compartimos un plato ancho de maffe cous cous y tomamos mojitos.

Nos abrazamos y nos besamos. Nos daba alivio el contacto. Estábamos emocionados y felices. Ruy había llegado a tiempo, Ruy estaba conmigo en Madrid. No es de hacer grandes declaraciones, mucho menos promesas, pero la alegría se le escapaba y me soltó que ahí estaba, contra mis intuiciones y sentencias, al lado mío para ver en un rato a C. Tangana. Pasó cerca nuestro un chico con un tanque cargado en los hombros, un dispendio de birra móvil. Apuramos los tragos que nos quedaban y pedimos el refuerzo. Hice la cola entre la gente que se agolpaba sobre el chico, ansiosa, rezando que no se terminara el tanque con la bebida antes de que fuera mi turno. Cuando volví, sonriendo con dos vasos gigantes de cerveza helada a su lado, me dijo: Te prometí que sí venía, vos no me crees pero para mí también era importante. Me encantó que dijese vos de repente, copiándome el modo y la gracia. Yo, que siempre estoy esperando de forma silenciosa este tipo de gestos, pude sonreír apenas y bajé la mirada. No siempre aguanto la fuerza con la que se manifiestan las cosas que deseo. No siempre puedo habitar la felicidad.

Nos vamos caminando a la Rambla del Raval y decidimos entrar al Madame Jasmine. Nos vamos rotando para pagar las cañas que no están del todo frías. Cuando Manuela y Oriol se empiezan a trenzar en una discusión de borrachos, intentando llamarse la atención porque se gustan, nosotros nos besamos contra la puerta del baño. Le digo al oído: Menos mal que nosotros nos somos así. Me abraza. Está cansado, se le nota. Vamos a dormir, digo.

El concierto estaba por empezar y yo me hacía pis. No podía pensar en otra cosa que en hacer pis cuando empezaron a sonar los primeros acordes y Puchito apareció en el escenario gritando: Buenas noches, mi Madrid. Siento que fue todavía mejor ver a Tangana en Madrid, que esa es tanto su casa como la mía, aunque yo estaba a punto de abandonarla. Pero no podía pensar ni disfrutar nada porque me meaba. Ruy me dijo que fuera al baño, que él me esperaba, pero no tenía datos en su celular y yo tenía miedo de que después de todo lo que nos había costado el asunto termináramos viendo el recital cada uno por su parte. No lo dije, pero se entendió. Así que me agaché, me bajé los pantalones largos que Ruy me aconsejó usar y meé entre el tumulto de gente que gritaba y cantaba.

Hoy, después del plan de playa, vamos a salir separados. Es algo que ya conversamos. No que él me tenga que pedir permiso o yo dárselo, pero hablamos las cosas, nos ponemos de acuerdo. Aun cuando nos conocimos y nos enamoramos en Barcelona, también en esta ciudad fue donde aprendimos a estar separados. Supongo que también nos hace falta saldar, cada uno por su lado, algunas cuentas pendientes. Vamos juntos a lo de mi amigo Sam, a su terraza a tomar cerveza antes de que cada uno haga la suya. Ruy se va y yo me quedo con Sam y nos enfrascamos conversando en inglés hasta que bajamos a un bar sobre la Rambla del Raval donde me espera Manuela con sus amigas.

Saliendo del recital de C. Tangana no encontrábamos cómo regresarnos a Lavapiés. Mis amigos nos estaban esperando en el barrio para seguirla. El metro estaba cerrado. Esperamos un colectivo que no pasó, intentamos pedir un Uber que nunca llegó. Finalmente decidimos caminar para salir del tumulto y quince minutos después logramos parar un taxi. Lo compartimos con una pareja de chicos más jóvenes. Yo me fui peleando con el varón que también era argentino. No me aguanto, persigo al enemigo hombre por todos lados, en cualquier circunstancia. Ruy se reía nervioso, la chica pedía constantemente que me calmara, hasta que el chofer nos mandó a callar a todos porque nuestros gritos no le permitían seguir las indicaciones del GPS. Antes de bajarme pedí disculpas, a veces se me va la olla. El taxi nos dejó en Tirso de Molina, mis amigos estaban en un bar, pero nosotros fuimos para la casa porque yo necesitaba pasar por la ducha.

Llega Oriol y todos juntos recorremos al camino al Poble Sec, donde están sucediendo las fiestas del barrio. Durante los meses de verano, todos los barrios de Barcelona organizan, cada uno por su lado, sus fiestas. Nos perdimos las fiestas de Sants, que son mis favoritas, pero llegamos a las del Poble Sec, que son las segundas mejores. Manuela tiene eme y yo me doy unos besos con un desconocido. Es probable que Ruy hoy no duerma conmigo en casa de Maggie de todas formas. De repente el extraño dice algo raro. Una fantasía que tiene, que nos separemos del tumulto y cojamos contra un container de basura mientras la música todavía suena en el escenario. Le recuerdo que necesitamos preservativos para coger y él no tiene. Insiste. Le digo que no y vuelve a insistir. Yo sí tengo preservativos en la riñonera, pero no me gusta que me insista. Me pone en alerta y me alejo; mis amigos y yo nos movemos a un bar y después al otro.

De camino a mi casa compramos doce cervezas en el paki y cuando llegamos yo me metí a bañar mientras Ruy guardaba las latas y peinaba unas líneas en un plato. Antes de que terminara de bañarme sonó el timbre. Mis amigos de Madrid, casi todos los que habían cantado bajo mi ventana algunos años atrás una canción de C. Tangana, estaban en la puerta. De repente la casa era un tumulto de gente: Juan Luis y Elías, Itzi, Coria y Laura, Manu, Carlota, Ana, Charly y Elena, Ale, Ramiro, Yun. Ruy les pasaba latas de cerveza de la heladera mientras se amontonaban las frentes sobre la mesa, en fila india, esperando cada cual su turno. Vamos a salir digo, no nos quedemos acá. Hace mucho calor. Me quedaban pocas noches en Madrid y quería aprovecharlas todas. Espérate tantito, morra, me lanzó el novio mientras se inclinaba sobre la mesa y yo me cambiaba. Pedí entonces turno también para hincar la nariz sobre el plato.

Vamos a la playa, queremos ver el amanecer, y cuando llegamos una pareja al lado nuestro coge a la vista de todo mundo. El tipo me causa repulsión, menea el pito gigante y grita para llamar la atención de los que estamos sentados en la arena. Orgulloso de su pene enorme, es como si nos estuviera pidiendo que admiremos la importancia de lo que carga entre sus piernas. Que atendamos a su proeza, el hecho de que está penetrando a una rubia despampanante al borde del agua. Oriol y Manuela se desnudan y corren al mar. Yo pongo música en el teléfono, al que ya casi no le queda batería, y canto a los gritos para tapar el fantasma del horrible que tenemos cerca. Suena mi celular, es mi novio preguntándome dónde estamos. Son casi las seis de la mañana y en Barcelona ya clarea.

Salimos del departamento; yo gritaba por las calles de Madrid que en dos años logré en esa ciudad lo que nunca pude conseguir en Barcelona. Que me iba a lo grande, como siempre quise. Caminamos hacia el río y debatimos si era mejor ir a La Noche o al ContraClub. Ruy prefería La Noche. Le dimos el gusto. Nosotros, que vivíamos en Madrid, fuimos a los dos antros muchas de veces y nos daba lo mismo. Lo llevábamos de acá para allá como a un niño fascinado con el brillo. Le encanta Madrid.

Le mando a Ruy la ubicación exacta de la playa en la que estamos, entre el Casino de Barcelona y la Barceloneta. Un rato después aparece desde el espigón que da al agua con el amigo con el que salió. Pensé que no te veía hasta mañana, digo. Ya es mañana, güera. Manuela coquetea con el amigo de Ruy y mi teléfono se apaga. Nos vamos a desayunar un choripán a La

Malandrina. Los grupitos de gente que van y vienen pasean su andar ruidoso por las calles de la Barceloneta. Todos pedimos una gaseosa, menos Oriol, que está enojado porque Manuela se quiere coger a otro. Entonces pide una cerveza y nada para comer. Está intratable, y Ruy me pregunta si no deberíamos interceder. Le digo que se calme, que no es asunto nuestro y, de todos modos no hace falta, porque Manuela planta a Oriol al borde de Las Ramblas. Lo manda a dormir solo. Ruy y su amigo, mi amiga Manuela y yo, nos vamos al departamento de Maggie. Nosotros nos encerramos en la habitación a coger, mientras Manuela se acomoda sobre el pibe. Yo me preocupo, le pido a Ruy que les alcance un preservativo, y entonces él abre la puerta del cuarto y revolea al living un plástico cerrado. A la mañana siguiente nuestros amigos ya no están. Hay restos de polvo sobre un plato y latas de cerveza a medio tomar. Por suerte estamos respetando la única regla que nos puso Maggie: fumar en el balcón. Vacío los ceniceros y anudo la basura. Pongo orden, lavo los platos, abro las ventanas para que el aire corra. Me vuelvo a la cama, me abrazo a mi novio. Hoy no quiero tomar, me dice. Lo que quieras, chango.

Bajamos a zancadas las escaleras imponentes para alcanzar la puerta del garito. El Puente de los Suicidas, sobre la calle Segovia, al que le tuvieron que poner un muro de plástico transparente para que la gente dejara de tirarse hacia abajo. El ruido por la calle, los desvíos permanentes que imponía la ciudad por el camino, porque estaba despierta a deshoras y proponía. A Ruy le gusta sobre todo que yo tenga eso que despliego cuando me visita. Amigos, fiesta, la sensación de estar ocupando el centro del mundo. Madrid era esa noche el centro del mundo. Un mundo en mis propios términos. Entramos, fuimos a la barra, pedimos la primera de las cervezas que nos correspondían por la entrada de diez euros que pagamos. Bailamos, subimos al baño, salimos a fumar. De a ratos, apenas unos minutos, estábamos todos juntos en la pista. Nos congregábamos cuando valía la pena. Cuando nos sabíamos la letra de la música que sonaba. Yo me encerré en el baño con Itzi y nos dimos unos besos. Cuando volví, Ruy preguntó dónde me había metido y le conté. La próxima me invitas, morra. En nada ya iban a cerrar, la fiesta se terminaba. ¿Qué vamos a hacer?, preguntó alguien, after dónde. Yo quería seguir, pero Ruy dijo que mejor nos regresáramos. Obvio mis amigos estaban esperando que los invitara a todos a la casa. Es la que quedaba más cerca. Pleno centro. ¿Los invito a todos a la casa?

El día en Barcelona pasa lento y a oscuras. No salimos de la cama. Dormimos todo lo que podemos, nos tocamos, cogemos varias veces y miramos juntos reels de Instagram en el teléfono. Descubrió que puede ponerlos a reproducir en la pantalla de su computadora y así se nos van las horas mirando la pantalla, uno contra el otro, arropados por la calma y la modorra. De a ratos escuchamos los gritos de los locos que andan dando vueltas por las calles del Raval, que llegan hasta la cama porque las ventanas están abiertas. Reviso de tanto en tanto mi propio teléfono. Parece que encontré un departamento en Iowa City. No estoy segura de reservarlo. Ruy me dice que no lo piense y que lo haga, que todo saldrá bien y que, de todos modos, ya no tengo tiempo para dar vueltas. Me cuesta pensar que me quedan pocos días de esto, de estar juntos en la cama y consentirnos e irnos de fiesta. Ya sé qué quiero comer hoy, dice el novio de repente. Pizza congelada.

Abrí el ojo y la casa estaba razonablemente fresca. Chequeé en el teléfono la temperatura, eran las dos de la tarde y afuera ya hacía más de cuarenta grados. Esto se va a descontrolar, pensé, menos mal que ya nos vamos a Barcelona. En el teléfono tenía un email de mi editora argentina: me mandaba las fotos oficiales para hacer mi propia publicación de Instagram anunciando la salida de mi libro. Menos mal que no invitamos a los amigos a la casa. No estaba en condiciones de limpiar con ese calor. También tenía un aviso en los mensajes de texto con los detalles de mi vuelo a Estados Unidos. Compré el pasaje por United Airlines, pero volaba por otra compañía, vía Suiza. Hice una captura de pantalla con los detalles y dejé el teléfono en la mesa de noche al lado de la cama. No hicimos nada, aunque yo tenía que hacer millones de cosas, como vaciar la casa. Intenté abrazarme a Ruy, pero hervía y todavía estaba dormido. Me levanté a la cocina y llené una jarra con agua y hielo. Tomé un trago largo y conté la cantidad de latas que, dadas vueltas, se amontonaban sobre la bacha. Dieciséis. Gracias a dios no invité a los amigos al after, en la previa nada más acumulamos bastante quilombo. Empecé a meter las latas en una bolsa de basura. Ruy rugió desde la habitación, me pidió que le llevara agua. Cargué dos vasos enormes y la jarra llena hasta el cuarto. Me acerqué, me hice lugar en el borde. Le mostré las fotos del libro que ya estaba por salir. Ya sé qué podemos hacer, dije. Abrí la computadora, busqué el archivo y empecé a leer el libro que escribí y que estaba a punto de ver publicado. «Sofía, no te vayas a convertir en alcohólica». Ruy me dijo que es lo más lindo que he escrito, pero que le sonaba a poco. Toda la gente que lo leyó, mis amigas, mi editora, mi familia, me dijeron que les sonaba a poco. Que hubiera podido tirar más del hilo, que los *Doce pasos* son fragmentos de algo más grande, como la punta del iceberg de la que hablaba Hemingway. Yo pienso que lo que omito es más importante que lo que escribo. Pero quizás que con algo de tiempo, cuando haya terminado la novela en la que estoy trabajando hace cuatro años, podría considerar volver los *Doce pasos* trece, quizás catorce. O una caminata intensa que no se detenga nunca y peregrine por todas las ciudades en la que viví y abandoné, conmigo como protagonista, cruzando la noche y las calles con una lata de cerveza en la mano y mi pasaporte en el bolsillo.

Es nuestro último día. El calor y la humedad en Barcelona no ceden. Nos levantamos pronto y salimos a hacer los mandados. Yo voy a una casa de cambio a pasar mis euros a dólares. Por primera vez en años el euro y el dólar están igualados. Siento que es un buen augurio. Por cada mil euros que entrego me devuelven mil dólares. Ruy se fue a cortar el pelo. Se anuncia la salida de mi libro en internet y me llueven los mensajes. Tengo felicitaciones y likes por todos lados. No alcanzo a responder a toda la gente que me escribe. Terminamos de hacer lo que tenemos que hacer al mismo tiempo y caminamos de vuelta para la casa juntos. Hago el check in de mi vuelo, guardo en mi teléfono el certificado que prueba que estoy vacunada contra el COVID y compro el pasaje en bus para llegar desde Chicago hasta Iowa City. Le mando a Ruy todos los archivos para mi viaje al chat de WhatsApp para tenerlos a mano. El marco de tiempo es ajustado. Mi avión aterriza a la una de la tarde y el bus sale a las cuatro. Tengo que cruzar la ciudad entera a toda la velocidad para llegar, cargando mis cosas y el cuerpo cansado después de haberme tomado dos aviones anteriores, uno corto hasta Suiza y otro largo de Suiza hasta Chicago. Pienso: si se complica, me pido un taxi que me cruce desde O'Hare, el aeropuerto, hasta la terminal de buses del Greyhound. Ruy vuela unas horas después a Alemania a encontrarse con su hermana y su mamá. Yo salgo a las seis de la mañana del día siguiente y él a las once. Hacemos tiempo entre las sábanas, esperamos que la fuerza del sol ceda un poco. Él duerme la siesta mientras yo reviso mis documentos de viaje, escribo un mensaje a la chica dueña de la casa a la que llego a cuidar el gato. Me responde que las llaves voy a encontrarlas en el buzón del correo. Cuento los dólares y me meto en todos mis bancos para constatar el estado de mis cuentas, la cantidad de efectivo que me queda en euros. Ruy se despierta y revisa su teléfono un rato. Volvemos a coger. Barcelona sigue arriba de los treinta y cinco grados y nosotros nos vamos a la playa. Ahora sí, es la despedida. El último baño, el momento de los adioses. Compramos en el camino dos bebidas refrescantes. Un Monster rehab para Ruy y una Schweppes tónica para mí. Nos instalamos cerca del agua. Manuela me escribe que ya no viene, no puede con su vida; estos días conmigo en la ciudad han sido demasiado, no le da el cuerpo. No pasa nada, respondo. Volveremos a vernos en este o cualquier otro continente. Me escriben de una editorial chilena que quieren leer mi libro, que les falta una publicación para el año que entra y que mis *Doce pasos* les interesa porque el tema –las mujeres escribiendo sobre su propio consumo problemático de alcohol– les parece necesario. Le escribo desde la playa a mi editora argentina y la pongo en contacto con la chilena. Los que sí llegan hasta donde estamos son los amigos de Ruy. Ellos toman cerveza y nosotros agua con gas. No damos más. Estamos agotados. Antes de que el sol se esconda corro al agua. Me sumerjo. Dejo que me limpie y me aclare. Agradezco: estos días, esta vida y lo que todavía está por venir. Le pido al mundo, a dios, a la providencia, al universo, que todo me salga bien, que me ayude, que me acompañe por el camino y me proteja. Que me permita seguir viva hasta que dé con lo que busco. Vuelvo del agua y Ruy me besa. Ya casi, changa.

La última noche en Madrid mis amigos chilenos prepararon un ceviche. Antes de cenar nos tomamos unas cervezas en el bar de papi y nos ayudaron también a bajar las cosas pesadas del departamento. Cenamos con pisco sour y recordamos los buenos momentos compartidos. Nos lamentamos de que Fito Páez hubiera suspendido su show de mayo, hubiese sido épico. No era tarde, pero yo estaba ansiosa, así que le pedí a Ruy que nos devolviésemos. Pasamos por la verdulería que estaba abierta toda la noche y compramos dos latas de cerveza. Estaban heladas. Las abrimos mientras terminábamos de poner en orden lo que falta. Ruy miraba el teléfono más que cualquier otra cosa y yo lloraba. Me daba pena dejar mi casa y mis cosas, la vida que quería tener cuando llegué a España y que recién pude permitirme cuando estaba a punto de irme. ¿La última y nos vamos?, me dijo cuando por fin se detuvo en la intensidad con la que se me caían las lágrimas. La última y nos vamos.

Me despierto a las tres de la mañana, me meto a la ducha, cierro la maleta. Ruy, entredormido desde la cama, me dice que tenga fuerza, que ya casi se termina esta peregrinación que parece infinita. Un último esfuercito, güera. Me visto, me lavo los dientes, desenchufo el teléfono y guardo el cargador. Me acerco a la cama y nos besamos. Me abraza, le digo que lo amo, me dice que él también. Abre los ojos cuando estoy a punto de cruzar la puerta. Sonríe desnudo desde las sábanas blancas hechas un nudo, enredadas en su brazo tatuado. Lo amo, pienso, pero estoy contenta de abandonarlo. De separarme y de tener espacio para ser lejos de su contorno, del tiempo por delante para hacer lo que siento que tengo que hacer. Quiero cambiar de vida, dejar la pasarela de resacas y mimos, este agujero de recreo por donde se me está escapando el tiempo. Todas somos adictas a algo. Yo soy adicta a mí misma. Con esa certeza entre los ojos lo vuelvo a mirar, me despido, esta vez mentalmente, y cierro la puerta.

Salgo a la calle y camino dos cuadras hasta la parada del bus. Podría ir directo en NitBus, pero prefiero tomarme el Aerobus en plaça Catalunya, más seguro. Llego al aeropuerto y es temprano. Todavía no lloro, pero tengo ganas. Me compro un café y un croissant. Paso la seguridad y camino a la puerta de embarque. El avión aparece a tiempo en la pantalla y respiro cuando lo veo depositado sobre la manga. Me subo, apago el teléfono y me duermo. Hacemos pie en Suiza, donde tengo una escala antes de tomar el segundo avión que me llega a Chicago. Bajo con mis cosas, y mi vuelo aparece en las pantallas todavía sin detalles, no está anunciada la puerta de embarque. Va a salir con retraso, pienso. Espero en el hall central hasta que por fin aparece el dato de la puerta y camino lento. Tengo hambre, pero en Suiza todo es carísimo y prefiero llegar hasta la puerta en la que debo esperar el avión que distraerme tomando café y comiendo un sándwich. El vuelo está atrasado una hora. No voy a llegar a tomarme el bus en Chicago. Pienso: si no llego al bus que me lleva desde Chicago a Iowa City, me subo a un taxi y me encierro a dormir en un hotel hasta la mañana siguiente. Necesito todo el dinero que tengo, pero, llegado el caso, no me va a quedar otra. Lo que sucede conviene. Si no tengo alternativa, pagar por una noche de descanso me parece una forma aceptable de perder la plata. Saco mi computadora y empiezo a buscar hoteles cerca del aeropuerto de Chicago. Cambio de idea y busco hoteles cerca de la terminal de Greyhound, la compañía de buses que hace el tramo de 360 kilómetros hasta Iowa City. Me detengo en la gente que, como yo, espera para subir al avión. Familias con niños pequeños, rubios como de mentira, que saltan y bailan alrededor de sus padres. Botellas de plástico con agua anudadas a las mochilas, las bolsas y las valijas. Laptops cargándose en los periscopios cerca de la puerta, los iPhone donde la gente entierra la vista; algunas, muy pocas personas, haciendo tiempo detrás de libros. En Chicago también está haciendo arriba de treinta y cinco grados. Me espera en destino una de las olas de calor más importantes de la historia de la ciudad. Por fin empezamos a embarcar. Soy parte del último grupo de embarque, así que espero mientras suben primero las mujeres y los hombres de traje que viajan con tarifa ejecutiva y las familias con carros de bebés doblados y niños en brazos. Me quedo entre los mal vestidos, mal dormidos y agotados. Los hippies, los buscas, los baratos. Cuando me presento frente la señora que controla el acceso a la aeronave y muestro mi documento y mi boarding pass, algo falla. La máquina no arroja la luz verde que autoriza el cruce. Se detiene, se calza los anteojos que lleva colgados en el pecho. Mira concentrada mi teléfono y por fin habla. Me dice que ese no es mi vuelo. Digo que no puede ser, miro la pantalla: United Airlines, repito. El vuelo que usted tenía era el de Swiss Airlines. Debe de haber recibido una notificación hace semanas en su teléfono. Insisto. No puede ser. Se pone seria, no tiene tiempo: Your flight took off on time, miss, you lost it.

Febrero, 2023

Hace justo un mes que volví de Madrid, a donde fui a pasar la Navidad y el Año Nuevo y a renovar mi permiso de residencia. Un mes desde que dejé de beber. Me despierto y lo primero que hago es manotear el teléfono. Un mensaje de Ruy que desde Buenos Aires me agradece el respeto que mi pueblo presenta por la cerveza helada. Son las siete y media de la mañana en Iowa City y le pregunto si ya está tomando. Dice que no, que cómo creo, que está trabajando. Pero que ayer borracho se olvidó de comentarlo. Me desperezo y hago un recorrido rápido por Instagram, el correo electrónico de la universidad y el mío personal. Nada importante, nada urgente. ¿Tenés resaca?, le pregunto. Una resaca que parecen dos, responde. Me río todavía tirada en la cama. Me separo del aparato, bloqueo la pantalla y lo suelto entre las sábanas. Me levanto, pongo el agua a calentar y voy a la cocina a tirar la yerba para hacerme un mate.

Hay humildad en la resaca y la extraño, extraño el tiempo desperdiciado, el tacto espeso del vacío, las formas en las que mi cabeza enciende peleas contra la nada. Los caminos que uso para oscurecerme, queriendo en definitiva ver más claro. La experiencia de sentir que estoy perdiendo oportunidades y estar, a la vez, en paz con eso. Dejar que se vayan, que se alejen de mí como globos inflados con helio. Pero también hay una forma de humildad en estar sobria. Depender de algo tan corriente como el trago; un día en el que no me emborracho es un grado de avance, un paso dado, pero también un recordatorio de que puedo volver a emborracharme cualquier día. Si hoy me emborracho, ya no voy a contar treinta y un días sobria. Empezar de cero, de nuevo. No lo descarto, pero todavía no es el momento. Todo depende de mí y yo puedo con muy poco.

Quedan dos meses de beca. El próximo semestre, cuando la beca del primer año se termine, me va a tocar compaginar la escritura con dar clases, como a todo el mundo. No terminé la novela, aunque me queda algo de tiempo y, estoy convencida, no me falta tanto. En los cuadernos privados de Wittgenstein que leí para la clase de ensayo del Workshop de non-fiction encontré algo que me sirve. Está justo ahí, delante mío y lo siento, pero todavía no estoy preparada para escribirlo. Estoy parafraseando, pero es algo en esa línea. Algo sobre Picasso que me vuelve, pero lo descarto. Ya estoy chata de ese hombre. En cambio, vuelvo al video que encontré en internet de la presentación del último libro de Paul B. Preciado, *Dysphoria mundi.* Elegir a quien prestarle el oído es importante. Qué consignar en este diario como citas de lecturas es un ejercicio político. Preciado explica con pelos y señales algo que vengo intuyendo hace tiempo. Los dispositivos de poder en el capitalismo contemporáneo no funcionan a través de vínculos de soberanía que oprimen, sino a través de dispositivos de adicción. Dice que sacó la idea de William Burroughs, que en los años setenta predijo con notable anticipación un modelo que ahora le sirve a Preciado para poner en palabras cosas que siento que me hablan. Pienso que los vínculos de soberanía también oprimen, sobre todo si una no cuenta con el estatus que le aseguran ciertos pasaportes. ¿Qué son, sino una forma de la sumisión, mi silencio y mi sonrisa frente al funcionario de migraciones, que en cualquier país central sostiene mi documento argentino y duda un segundo, o me hace comentarios incómodos, antes de estamparme el sello que me permite la entrada?

Ser blanca y universitaria me ha hecho la vida más fácil y, aun cuando me avergüenzo, he utilizado mi privilegio para abrirme espacio hacia la vida que deseo. Leo en el libro de Raquel Gutiérrez *Brown Neon* que si hay algo que hacer con el privilegio es arriesgarlo. Y que, aun así, nunca es suficiente. He gastado miles de dólares que no tengo en viajar a España a cumplir con cada uno de los trámites que van a entregarme, en un futuro que espero quede cerca, mi pasaporte español. La ciudadanía europea es un horizonte que me va a eximir del miedo con el que cruzo las fronteras. He cruzado las suficientes fronteras en mi vida para tener claro que hay pasaportes y formas de la ciudadanía que valen más que otras. La lógica de la identidad es la lógica de la frontera, agrega Preciado. Soy esto contra los demás, como una forma de afirmarme en la diferencia. Dice, también, que es peligroso lo que guardamos dentro de la identidad, cuando esperamos un reconocimiento externo, que no es seguro andar pidiendo a gritos que una estructura nos entregue un estatus de existencia. Las formas de la identidad nos solidifican, nos inclinan a la inmovilidad. Quizás pueda poner en riesgo mi posición, como pide Gutiérrez, cuando conquiste de forma definitiva un estado más elevado de privilegio. Me gusta pensar que así será, pero todo depende de mí, y yo puedo con muy poco.

Desde que volví de pasar la Navidad y el Año Nuevo en España dejé de tomar y desde que dejé de tomar ya no salgo. El invierno en Iowa City no cede y eso ayuda. Nadie disfruta de salir a beber a treinta grados bajo cero de sensación térmica. En estos meses que pasé en casa, mirando mis cosas o la nieve caer desde mi ventana, escribí mucho. Escribí sobre beber y sobre dejar de beber y escribí también de la persona que soy y de la persona que la gente cree que soy. Soy cada vez menos para los demás, estoy siempre sola en casa, preparando la comida, leyendo, jugando a los jueguitos por internet y escribiendo de a ratos. No me pesan tanto las expectativas ajenas pero las mías propias cada vez se vuelven más ingobernables. Sobria, de repente, estoy más sola, pero eso no me pesa. No al menos como esperaba que me pesara. Es un alivio, pienso, pero también me pregunto, cómo va a negociarse mi yo sobrio con el mundo. De quién voy a ser amiga. Si mi novio va a seguir bebiendo. Son todas preguntas y, aunque aún no toca responderlas, ya se anuncian, se formulan solas entre la pared y la ventana a la que da mi escritorio. Es lo que tiene la claridad: no se puede mirar para otro lado cuando todo está expuesto a la luz.

La chica que me llevó de Iowa City hasta Chicago a tomar el avión a España en diciembre me preguntó cómo me identificaba. Respondí que como una mujer blanca. No le gustó mi respuesta, no se acomodaba a sus expectativas. Ella, que también es blanca, me soltó muy campante que identificarse como una mujer blanca en Estados Unidos era racista. Que ella pensaba que yo era más bien Latinxs. Una etiqueta que a mí no me dice nada. Podría haberle explicado que los modelos identitarios vigentes en el país de las cosas son formas ajenas, que eso de que los pronombres son la garantía del respeto a la identidad es una fantasía de ellos. Podría haberle dicho lo que pienso de que me obliguen a definirme cada vez que me presento, lo que creo de una política que se impone como una exigencia en las aulas de las universidades del primer mundo, a nacionales y extranjeras por igual. Que es engañoso que me obliguen a decir cómo me autopercibo si después me van a pedir que revise mi respuesta. Que mis pronombres no me parecen conclusivos porque lo que puede decir de sí una mujer blanca en el marco de una clase de literatura en la Universidad de Iowa no es un reflejo fidedigno del mundo. Que la igualdad que creen estar defendiendo es una ficción cerrada sobre el privilegio que habitan y que dan por sentado. Que no se cuestionan por ejemplo que no es un derecho consagrado tener la palabra y que el resto haga silencio. Que no todo el mundo puede hablar bien el inglés, ni quiere definirse en esos términos. Pero componer en lengua extranjera todas estas ideas me dio pereza y preferí dejar que se aferrara a sus prejuicios. Todavía no me toca enseñar, entonces no enseño. Yo puedo con muy poco.

Hace poco más de un año, después de una pelea intensa que tuvimos, Ruy dijo que quería ir a mi tierra conmigo como una forma de reparar el daño que esa pelea nos había causado.

En ese momento, enojada como estaba, le dije que no dijera pavadas. Que no iba a arreglar el desastre con una promesa vacía en una conversación de Zoom. Pero lo decía en serio. Yo no pude viajar, tenía que ir a España por mis papeles, así que viajó solo. Tuve que negociar con la idea: primero no me parecía gastar esa cantidad de dinero en hacer un viaje de soltero a mi casa si yo no iba a estar. Pero después pensé en las veces en las que viajé sola a México, en la belleza de una ciudad que es bella para mí también porque es suya. Es algo bueno tener la pareja que tengo. Es algo bueno que sepamos caminar separados. Mi amiga Manuela dice que estoy equivocada cuando digo que mi subjetividad se articuló como amiga y no como novia. Weona, si alguien de todas nosotras es una novia, sos vos. No supe qué responderle porque creo que tiene razón, aunque me cueste negociar esa verdad con la narrativa que armé de mí misma. Pero no es menos cierto que soy mejor amiga que novia, que ese es el rol social que mejor me calza. Con Ruy mi historia es mía, no está enterrada bajo su reputación ni su trabajo. Si él escribe una novela, no voy a ser la protagonista, pero como Chris Kraus me aferro a mi musa y cuento el mundo en primera persona, aunque él siempre se consagre como el personaje principal de todas mis historias.

Desde que llegó a Buenos Aires hace un mes me escribe a diario y yo le escribo a diario. Antes sostenía que nosotros dos no somos de hablar tanto y estuve a punto de escribirlo aquí, pero revisé el impulso. Hablamos mucho y todo el tiempo. No siempre hemos hablado tanto, pero ya hace largos años que mantenemos de alguna u otra manera nuestra conversación siempre viva. Hay cosas que igual guardamos, en el cajón de los pendientes, para el tiempo en el que nos vemos. Los temas importantes, los planes para el futuro, las conversaciones de peso sobre el sentido de nuestra pareja. Lo que se viene ahora es una charla sobre mi sobriedad y su alcoholismo. Si podemos estar juntos si yo decido ser abstemia y él continúa siendo alcohólico. Como con todo, no creo que vayamos a llegar a ninguna conclusión definitiva. Si algo aprendí con él es que hay una forma de amor que es incondicional, que hay que habitar también las zonas oscuras de lo que amamos. Renunciar cuando se pone difícil no me hace sentido. Nuestra parte de noche. Abrazar también nuestra parte de noche.

Desde que está en Buenos Aires, comentamos cada lugar que conoce, donde come, las calles, la belleza de una ciudad que considero mi casa. Su viaje a mi país nos acerca aun cuando estamos muy lejos. Es un poco como si hubiéramos viajado juntos, aunque claro que no es exactamente eso. Pero encontramos formas de vivir en paz con la vida y los afectos que elegimos. Entiendo su necesidad y su deseo porque cuando querés a alguien que es de otra parte, también querés el lugar de donde viene. A mí me pasa igual. Desde que vivo en Iowa City, cada vez que me preguntan, digo que estoy viviendo entre México y el gringo. Cosa que no es cierta, pero yo me dedico a esto de inventar historias. México para mí es, más que ninguna otra cosa, el país de Ruy, los contornos que lo hicieron quien es. Por eso también es mío un poco.

Es una forma de reparar la distancia, habernos conocido tarde en la vida, un intento de mitigar las estructuras vitales que siempre nos van a separar. Nunca vamos a querer vivir en el mismo lugar, ni siquiera vamos a querer vivir en un lugar de forma definitiva, pero planeamos nuestros calendarios para poder coincidir, aunque más no sea un par de meses. Estamos hechos del movimiento, somos bichitos de luz buscando el verano. Aprendimos a acompañarnos, respetar el deseo del otro incluso si ese deseo nos separa. A veces nos encerramos en inviernos asfixiantes y nos queremos morir. Como este en Iowa City o el que pasó él en Berlín en medio de las restricciones más duras de la pandemia. Pero hay cosas bastante más graves que vivir en un lugar de mucho frío. Nos vemos entre dos y cuatro veces por año. Hace siete que estamos juntos. Es un poco como pelear contra los molinos de viento, no hay forma de compensar el tiempo que pasamos uno lejos del otro. Pero es tan importante que nunca dejemos de buscar lo que nos une como lo que nos separa.

El agua ya hierve en la pava eléctrica. Me la regalaron una semana después de llegar a Iowa City. Alguien en la lista del Workshop la ofrecía gratis, le sobraba, solo había que pasar a buscarla. Respondí en el acto y en pocas horas ya la tenía depositada en mi cocina. Cuando volví de España hice algunos cambios en la casa. Puse los implementos para el mate en el cuarto, sobre el mueble al lado de la mesa donde me acomodo todos los días a trabajar. Siento que mi vida mejoró desde que ya no tengo que levantarme para calentar el agua o preparar el mate. Aun cuando prefiero tirar la yerba usada en la basura de la cocina y no en el cuarto, cuando estoy enganchada y no quiero desconcentrarme, me permito tirar la yerba usada en el tacho que tengo al lado. Con el mate a mano me paso horas de una u otra manera pegada al escritorio. No siempre escribiendo, pero al menos me mantengo cerca de los archivos, de las letras y las palabras. Habitando el elemento, espero que la voz se abra paso. Como si estuviera rezando: el cuerpo de una mujer adulta, que sobria logra dormir largas horas y descansa. Que se levanta lúcida y con la sensibilidad nítida, como recién bañada, para mirar la nieve por la ventana y tomar mate, tratando de escribir algo elocuente antes de que se le termine la beca.

Ahora que dejé de tomar, que llevo un mes sin tomar, empiezo a intuir en qué me voy a convertir. Quizás me adelante, pero no creo que vaya a aparecer en mí nada nuevo. Soy yo más o menos el alcohol, pero ni la literatura ni la sobriedad hacen milagros. Me pregunto qué va a pasar si dejo de tomar y mi novio continúa siendo alcohólico. Me pregunto por qué siempre me estoy haciendo las mismas preguntas. Las obsesiones que cargo hace años empiezan a ceder. Lo que me permite la sobriedad es descansar de estar pensando siempre en que tomo demasiado. Eso, por sí solo, me brinda espacio. Ya no espero un cambio sustantivo en mí o una revelación. Estoy convencida que el éxito no se va a desprender de esta negociación interna. No terminé la novela. En cambio, compuse una lista de escritoras que, de alguna u otra manera, abordan en sus obras su consumo problemático de alcohol y la voy a dejar aquí debajo. Parece que por fin me acerco al punto de cierre de la narrativa de esta parte de mi vida. No creo que se cancele del todo. En esto de vivir y leer, beber y escribir no hay finales ni principios claros. Pero quizás pueda también escribir sobre otras cosas. Voy a intentarlo.

María Moreno, *Black out*

Natalia Carrero, *Otra*

Leslie Jamison, *The Recovering: Intoxication and its Aftermath*

Olivia Laing, *The Trip to Echo Spring: Why Writers Drink*

Tamara Kamenszain, *El libro de Tamar*

Claudia Ulloa Donoso, *Yo maté a un perro en Rumanía*

Paulina Flores, *Isla decepción*

Carla Vargas, *Vacío temporal*

Malén Denis, *Litio*

Lucia Berlin, *A Manual for Cleaning Ladies*

Mary Karr, *Lit: A memoir*

Caroline Knapp, *Drinking: A Love Story*

Sarah Hepola, *Blackout: Remembering the Things I Drank to Forget*

Amy Liptrop, *The Outrun*

Marguerite Duras, *Escribir*

Patricia Highsmith, *Diarios*

Carrie Fisher, *Wishful Drinking*

Eileen Myles, *Chelsea Girls*

Maggie Nelson, *Bluets*

Jean Rhys, *Smile Please: An Unfinished Autobiography*

Bette Howland, *Blue in Chicago*

Diane di Prima, *Memorias de una beatnik*

Miyó Vestrini, *Órdenes al corazón*

Ana María Rodas, *Poemas de la izquierda erótica*

Agradecimientos

A mi familia, papá Edmundo, mamá Mimi, hermana Eugenia, hermano Gonzalo, que llevan años financiando, de una u otra manera, mi escritura. A mi sobrina Antonia y mi sobrino Simón, por la continuidad de los míos. A Sol y a Marcelo, por cuidar de mis hermanos.

A mis amigas, que me han tenido la mano y el pelo. Las de siempre, Lucila y Laura, las de Salto, las de Buenos Aires, las de Barcelona, las de Madrid, las de México, las de Iowa City y las itinerantes. Especialmente a Manuela, Maggie, Gabriela y Valentina por el presente.

A mis compañeras y compañeros del MFA in Spanish Creative Writing de la Universidad de Iowa, por sus lecturas, por el cariño y el tiempo compartido bajo la nieve. A Horacio Castellanos Moya, Luis Muñoz y Ana Merino, por la dirección y el consejo. A todo el Departamento de Español, porque sin el apoyo de la beca, *El diario de la beca* no existiría.

A Jorge Carrión, Meri Torras y Lina Meruane, por las cartas que escribieron en mi nombre, pero sobre todo por la amistad y la confianza.

A Mercedes Halfon y a Frank Báez, primeros lectores de *Doce pasos hacía mí*. Sin su lectura el texto no se hubiera convertido en un libro.

La expresión «siempre la amiga y nunca la novia» la tomé de Ornella Borrello. La idea de nombrar Estados Unidos como «el país de las cosas», se la robé a Mana Bugallo.

A Sam Simon, por el inglés.

A Paloma, por la lucidez.

A Sabina, por la conversación.

A Ruy, por México.

Obras citadas por orden de aparición

The Recovering: Intoxication and its Aftermath, Leslie Jamison
Falconer, John Cheever
The Trip to Echo Spring: Why Writers Drink, Olivia Laing
Black out, María Moreno
El libro de Tamar, Tamara Kamenszain
«Our share of night to bear», Emily Dickinson
La vida privada de los árboles, Alejandro Zambra
Ensayo de vuelo, Paloma Vidal
Libros chiquitos, Tamara Kamenszain
Una casa lejos de casa, Clara Obligado
La novela luminosa, Mario Levrero
La más recóndita memoria de los hombres, Mohamed Mbougar Sarr
«One train may hide another», Kenneth Koch
Nanette, Hannah Gadsby
Desierto sonoro, Valeria Luiselli
Los detectives salvajes, Roberto Bolaño
Drinking: A Love Story, Caroline Knapp
«Lagunas», Deforme Semanal Ideal Total, Lucía Lijtmaer e Isabel Calderón

Blackout: Remembering the Things I Drank to Forget, Sarah Hepola
I love Dick, Chris Kraus
Lit, Mary Karr
Yo maté a un perro en Rumanía, Claudia Ulloa Donoso
Isla decepción, Paulina Flores
Vacío temporal, Carla Vargas
Otra, Natalia Carrero
El Quijote, Miguel de Cervantes
El Aleph, Jorge Luis Borges
The Year of Magical Thinking, Joan Didion
Los llanos, Federico Falco
Vamos a tocar el agua, Luis Chaves
The Bad Graft, Karen Russell
Códice Florentino
Los anales de Tlatelolco
Martín (Hache), Adolfo Aristarain
Esto es agua, David Foster Wallace
Bluets, Maggie Nelson
Jesus' Son, Dennis Johnson
El día feliz de Charly Feiling, Daniel Guebel y Serbio Bizzio
Nueva escritura en Latinoamérica, Héctor Libertella
El libro vacío, Josefina Vicens
Private Notebooks: 1914-1916, Ludwig Wittgenstein
Dysphoria mundi, Paul B. Preciado
Brown Neon, Raquel Gutiérrez

© Rosa Ramírez Mazaheri

Sofía Balbuena (1984, Salto, Argentina) es licenciada en Ciencia Política (UBA), Máster en Creación Literaria (UPF), Máster en Literatura Comparada (UAB) y MFA in Spanish Creative Writing por la Universidad de Iowa. Ha trabajado como librera y lectora en España, especializada en literatura latinoamericana contemporánea y la escritura de mujeres en lengua inglesa. Ha publicado ensayos, cuentos y reseñas de libros en México, Argentina y Estados Unidos. Su primera novela, *Pajarera Naif*, se publicó en España en 2019 (La Verónica Cartonera) y el ensayo *Doce pasos hacia mí*, que forma parte de este libro, en Argentina en la editorial Vinilo en 2022 y en Chile en la editorial Los libros de la mujer rota en diciembre de 2023.

Entra en la ciudad sitiada y descubre las nuevas voces de la literatura hispánica

En febrero de 2004 Caballo de Troya anunció la salida de sus primeras novedades y mostró sus señas de identidad: un sello con perfil de editorial independiente integrado paradójicamente en un gran grupo. Hoy se puede afirmar que dicha paradoja ha funcionado con eficiencia y sin contradicciones. Caballo de Troya, que tiene como principal objetivo servir como plataforma editorial para nuevas voces literarias hispánicas, ha puesto un centenar de títulos en el mercado español con una muy favorable acogida por parte de la crítica más atenta y de los puntos de venta con mayor tradición y relevancia literaria.

Fundado por Constantino Bértolo, el sello ofreció a autores españoles o latinoamericanos reconocidos hoy en día hospitalidad, apoyo o un primer impulso. En 2014 el proyecto tomó un nuevo rumbo: cada año un editor invitado es el encargado de sumar sus apuestas al catálogo. Caballo de Troya es hoy una referencia entre los autores más jóvenes y más ambiciosos literariamente. Una editorial para nuevas voces, nuevas narrativas, nuevas literaturas.

AÑO 2015: ELVIRA NAVARRO

«He privilegiado las ficciones que establecían un diálogo crítico con el presente. La mayoría de los libros que he seleccionado tratan sobre la identidad y las herencias en todas sus variantes, temas estos que también protagonizan mis escritos».

La cosecha de Elvira Navarro dio con uno de los éxitos más destacados de la editorial: *El comensal* (Premio Euskadi de Literatura), una novela autobiográfica en la que Gabriela Ybarra trata de comprender su relación con la muerte y la familia a través de dos sucesos: el asesinato de su abuelo a manos de ETA y el fallecimiento de su madre. Algunas de las obras que conforman el año de Elvira Navarro versan también sobre las herencias políticas y familiares, teniendo el conjunto de su catálogo los legados como hilo conductor.

TÍTULOS PUBLICADOS

La edad ganada,
Mar Gómez Glez

Sin música,
Chus Fernández

Yosotros,
Raúl Quinto

La vida periférica,
Roxana Villarreal

Fuera de tiempo,
Antonio de Paco

El comensal,
Gabriela Ybarra

Meteoro,
Mireya Hernández

Filtraciones,
Marta Caparrós

AÑO 2016:
ALBERTO OLMOS

«Pretendo que el conjunto de los títulos que se publican bajo mi interinidad conforme un despliegue coherente, un discurso; una conversación».

Alberto Olmos cuenta entre sus apuestas como editor de Caballo de Troya con el IV premio Hispanoamericano de Cuento Gabriel García Márquez. Los relatos de *El estado natural de las cosas* se adscriben en el género fantástico, pero lo modulan y deforman para volverlo a su vez denuncia y retrato de los tiempos que nos ha tocado vivir. Un éxito similar ha tenido *La acústica de los iglús*, conjunto de cuentos en los que la matemática de la música y de la vida arrojan el resultado sonoro que registra la mirada única de su autora. Las cuatro novelas que cierran las apuestas de Olmos se suman al diálogo que quiso abrir como editor, una conversación sobre el pasado, sobre la corrupción moral y política; un diálogo lírico sobre la supervivencia y la comprensión.

TÍTULOS PUBLICADOS

La pertenencia,
Gema Nieto

Los primeros días de Pompeya,
María Folguera

La fórmula Miralbes,
Braulio Ortiz Poole

El estado natural de las cosas,
Alejandro Morellón

La acústica de los iglús,
Almudena Sánchez

Felipón,
David Muñoz Mateos

AÑO 2017:
LARA MORENO

«Hay algo que atraviesa cada libro que he escogido y los une: la voz de cada uno, la búsqueda de comunicar a través de lo literario, el grito que la narrativa supone en la vida del escritor. Por eso están ahí».

Lara Moreno inauguró su año en Caballo de Troya con *La hija del comunista*, reconocida con el premio El Ojo Crítico. Esta novela íntima atravesada por la Historia cuenta la vida de unos exiliados republicanos españoles en Berlín, antes de la construcción del muro, durante y después de su caída. Cruzadas en su práctica totalidad por las experiencias personales de sus autores, las obras seleccionadas por Lara Moreno comparten una voluntad de entender. Sus autores interrogan a su pasado o a su presente rebuscando en las raíces de su familia, en situaciones laborales llevadas al límite o en los rincones del mundo y la literatura que acaban conformando nuestros destinos individuales.

TÍTULOS PUBLICADOS

La hija del comunista,
Aroa Moreno Durán

Hamaca,
Constanza Ternicier

Televisión,
María Cabrera

Animal doméstico,
Mario Hinojos

Madre mía,
Florencia del Campo

En la ciudad líquida,
Marta Rebón

AÑO 2018: MERCEDES CEBRIÁN

«El catálogo de 2018 es verdaderamente polifónico; lo he seleccionado confiando en mis corazonadas y en mis años de experiencia en el mundo literario».

Mercedes Cebrián ha escogido cuidadosamente seis historias que conforman un abanico narrativo ciertamente heterogéneo: desde los diarios de una adolescente española en los años noventa en *Y ahora, lo importante*, hasta las descripciones de una región gobernada por la oscuridad, en la que un mineral recoge las voces de sus habitantes, en *Umbra*. Destacan también las experiencias de *Florentina*, una mujer que tuvo que emigrar de Galicia a Argentina a principios del siglo XX en busca de una vida mejor. Junto con el resto del catálogo ideado por Cebrián, estas tres apuestas nos acompañan en un viaje por distintas épocas y espacios que, como toda buena travesía, nos cuestiona y nos enfrenta con nuestra propia realidad.

TÍTULOS PUBLICADOS

Y ahora, lo importante,
Beatriz Navas Valdés

Las ventajas de la vida en el campo,
Pilar Fraile

Florentina,
Eduardo Muslip

Para español, pulse 2,
Sara Cordón

Umbra,
Silvia Terrón

Maratón balcánico,
Miguel Roán

AÑOS 2019-2020: LUNA MIGUEL Y ANTONIO J. RODRÍGUEZ

«Nuestro deber aquí también era anunciar, asentar y reivindicar lo que tímidamente se había mostrado como la literatura de una nueva generación, esa cuyas fechas de nacimiento oscilan entre mediados de los ochenta y principios de los noventa, y que, por mucho que lo hubiera intentado, tardó en encontrar su espacio».

Luna Miguel y Antonio J. Rodríguez hilvanan el grito generacional de una nueva ola de autores y pensadores. Las distintas voces intentan remendar, o al menos explicarse, las fisuras y los desgarrones que las expoliaciones de la sociedad moderna han causado en los jóvenes. Hay reflexiones incómodas que indagan en las masculinidades tóxicas y en los feminismos, hay vértigo ante el paso a la edad adulta, historias de migración e identidades partidas, un relato del aborto clandestino en Chile o una perspectiva íntima de trabajadores de una corporación dedicada a la evasión fiscal. Hay poesía, emoción e ironía para cuestionar, observar y desmontar los roles de género, la precariedad y la política.

TÍTULOS PUBLICADOS

Game Boy,
Víctor Parkas

Cambiar de idea,
Aixa de la Cruz

ama,
José Ignacio Carnero

Había una fiesta,
Marina Riudoms

Listas, guapas, limpias,
Anna Pacheco

Cómica,
Abella Cienfuegos

Litio,
Malén Denis

Reina,
Elizabeth Duval

Animal de nieve,
Dara Scully

Nada ilegal, nada inmoral,
Adrián Grant

Desencajada,
Margaryta Yakovenko

Y tú, ¿tan feliz?,
Bárbara Carvacho

AÑOS 2021-2022: JONÁS TRUEBA

Jonás Trueba toma el relevo como editor conformando un catálogo de autores genuinos que traspasan la representación de un pulso generacional. Así pues, las voces de este año ofrecen distintas miradas y épocas, desde la recuperación de una obra que trasciende la actualidad y cuyo autor falleció de forma prematura, pasando por una historia que reflexiona sobre las herencias sociales y familiares, hasta llegar a un autorretrato emocional narrado con un extraordinario lirismo poético. También cuenta con un libro generoso e inspirador que pone de manifiesto los senderos creativos de varios autores, y dos obras con las que resistir al desconsuelo de la realidad de formas muy distintas: una, a través de la compasión humana, y otra, a través de la belleza de la música y los paisajes de otras vidas.

Estas obras seleccionadas ponen de manifiesto la importancia que tiene la lectura para el editor en el contexto actual, donde los libros representan, en sus palabras, «un espacio de reconexión, allí donde se hace posible el encuentro entre diferentes miradas, sensaciones o lugares».

TÍTULOS PUBLICADOS

Todo sigue tranquilo,
Chusé Izuel

Niños aparte,
Julieta Valero

Casa se busca,
Socorro Giménez

Cuadernos,
Andrés Di Tella

La parcela,
Alejandro Simón Partal

Vilnis,
Bárbara Mingo

Todos deberíamos romper,
Marta Gordo

La Navidad de los lobos,
Fran Gayo

Gente que ríe,
Laura Chivite

Las mejores condiciones,
Manuel Pacheco

Proletaria consentida,
Laura Carneros

Llego con tres heridas,
Violeta Gil

AÑO 2023:
SABINA URRACA

«Quise portadas neutras: doce nadas sobre las que pudiesen brotar, en forma de fotografías, los secretos escondidos en esos libros. Ese misterio que palpita en cada imagen solo podrá desentrañarse abriendo el libro, entrando en él». En su primer año como editora invitada, Sabina Urraca buscó rarezas e intentó mirar hacia lugares que no le quedasen muy de paso: Tenerife, Cuba, Huesca, Alcalá de Henares, Medellín, y una casa cerrada al mundo en el sur de Madrid. Quiso también continuar un propósito: no claudicar en la artesanía de la edición, frotar cada tesoro con el brío necesario, pero siempre con cuidado de no borrar su misterio. Seis libros, seis misterios: desde un relato salvaje sobre la infancia y los abusos sexuales que se lee como una partida de game boy, pasando por un retrato furioso del sistema patriarcal y opresor de la Cuba actual, hasta una obra que ahonda en los afectos truncados y la amistad masculina. También hay cabida para una colección de relatos extraños y delicados que es todo un manual de observación de la vida, una novela sobre una familia de Medellín dedicada a la música y al espectáculo en la que brillan las lentejuelas y, por último, una obra íntima y asfixiante que desmonta con fiereza la institución de la familia.

Estos son los misterios que encierra este año el caballo. Una vez dentro de la ciudad fortificada, abramos la trampilla de su barriga. Entremos en él.

TÍTULOS PUBLICADOS

Leche condensada
Aida González Rossi

La puta y el hurón
Martha Luisa Hernández Cadenas

Los bloques naranjas
Luis Díaz

Se te oscurece el pelo
María José Hasta

Ya nadie canta
Manuela Espinal Solano

Papá nos quiere
Leticia G. Domínguez

Si te ha gustado *Borracha menor*, te recomendamos:

CAMBIAR DE IDEA (2019)
Aixa de la Cruz

«Mi propio y escasísimo caché como mujer que escribe se ha desmoronado desde que dejé de escribir como los chicos». Aixa de la Cruz pone en marcha la escritura de unas memorias que recorren los momentos más significativos de su vida: desde el fatídico accidente de coche de su amiga hasta su divorcio y las relaciones sexuales con otras mujeres; desde una infancia sin un «biopadre» hasta descubrir el feminismo. *Cambiar de idea* ofrece una escritura hipnótica que va mucho más allá de la simple exposición de la primera persona: el relato del yo sirve para vehicular agudas reflexiones sobre diferentes temas de calado social y para desplegar un estilo literario rico y combativo, que posiciona a Aixa de la Cruz como una de las mejores narradoras de su generación y una pensadora brillante.

EL VAMPIRO DE LA COLONIA ROMA (2024)
Luis Zapata

Adonis toma drogas, bebe, contrae la gonorrea, espía a hombres en los baños públicos y burla a la policía, dibujando una geografía de la clandestinidad a la que estaban confinadas las disidencias sexuales de la época: tugurios, cines, saunas, mundo de jotos orgullosos, mayates pendencieros y cuinas que se niegan a salir del armario. Este libro consagró a Luis Zapata, rompiendo, tanto en forma como en contenido, con la literatura dominante. Muchos escritores de la época atacaron el libro, y se llegó incluso a recomendar que se vendiera en bolsas de plástico para evitar que la gente hojeara lo que era considerado un texto pornográfico. Hoy *El vampiro de la colonia Roma* es considerada una obra clásica de la literatura gay.

LLEGO CON TRES HERIDAS (2022)
Violeta Gil

«Quizá todo esto sea una despedida amistosa de mi padre, una forma de dejarle para poder seguir. Seguro que él lo comprendería. Es la única manera de hacer la vida. José, espero que lo entiendas. Tengo que despedirme de ti». Este libro nace de tres heridas, como en el poema de Miguel Hernández: la de la vida, la de la muerte, la del amor; Violeta Gil parte de ellas para dar forma a una historia íntima y emocionante. Asistimos a un emocionante ejercicio de creación en el que la autora pone voz, cuerpo y alma al servicio de su destino, retomando caminos olvidados, conversaciones con familiares, documentos reales o, a falta de ellos, inventados. Pocas veces los libros se sienten tan necesarios y se confían de forma tan admirable a su propia razón de ser.